LOCUS

LOCUS

LOCUS

LOCUS

RECREATION

R76
原爆001

作者：潘志遠
責任編輯：林盈志
封面設計：林育鋒
校對：呂佳真
出版者：大塊文化出版股份有限公司
台北市105南京東路四段25號11樓
www.locuspublishing.com
讀者服務專線：0800-006689
TEL：(02) 87123898　FAX：(02) 87123897
郵撥帳號：18955675　戶名：大塊文化出版股份有限公司
法律顧問：董安丹律師、顧慕堯律師

總經銷：大和書報圖書股份有限公司
新北市新莊區五工五路2號
TEL：(02) 89902588 (代表號)　FAX：(02) 22901658

初版一刷：2017年2月
定價：新台幣 280元
ISBN：978-986-213-773-4

原爆001

潘 志遠

Genbaku
001

驚蟄

紅色的警示燈光不斷閃爍著，那噴濺在牆上、在四周猶未凝結的血漬益發猩紅，濃厚的血腥味彌漫在石洞內。

「砰」一聲，裝著藥物的安瓶在地板傳來了一聲清脆的破裂聲，難聞的氣味與鐵鏽味讓他感到快要窒息，但是他很清楚這種窒息感不是來自於藥物，而是那分秒逼進的死亡。

「該死……」

從喉頭擠出這幾個仍可分辨出的單音，他丟下針筒回頭望去，實驗床上那幾個裹著薄絲、似如人形的物體，仍看得出電流通過時所產生的陣陣痙攣反應，那幾個實驗體抽動的指尖似乎向他招手，也似乎是在向他道別。

「混蛋……」他悲憤莫名，招手與道別，現在存乎自己一心，要生已是絕無可能，要死……他低頭看著腹部那原本汨汨流著血的彈孔，只見那彈孔已經開始慢慢收縮，這是昆蟲自癒的本能。他已經無從選擇，如果要像個軍人般的死，他就不該打入這瓶針劑。

「沒時間了。」

他勉力的扶著那把柄上刻著櫻花花瓣的軍刀踉蹌起身，軍刀上那「七三一」番號也沾滿了自己的血漬，豆大的汗珠從他臉上滑落，但是他的臉並未呈現任何服輸的神情，他的人生字典裡沒有「認輸」這個詞。

「哐哐」幾聲，他掙扎地躺上了那一張空著的醫療床，丟下了軍刀，用身上的血在手腕上摩擦著。看著血塗滿了手腕，一陣強大的暈眩感從腦部湧出，他的眼前出現了許多影像相互交疊。

「要快點……」這不是幻覺，這是藥物所產生的化學反應，如果不快點的話……他掙扎著把電擊帶戴上左手手腕，他望著石洞上方停了下來，接下來的事情他看過了無數次，但是現在是自己要……他咧嘴慘笑了一下。

「來吧。」他抿著嘴把右手放入了電擊帶之中，只見儀器上的指針一下由零到了紅線區域，千萬分之一秒的時間內，電流直接竄進了他的身體。因為身體沒有被束帶固定，他在床上劇烈上下抖動，身體扭成了弧形。

「啊……啊……」他張大了眼，而張大圓形的嘴已經發不出任何聲音。沒一會，從他嘴角慢慢溢流出了一道道的絲線，絲線彷彿有著生命，順著嘴角往下、往上、往四周緩慢移動，緊緊纏住了他，他無力掙扎，也無法掙扎。眼前慢慢地暗下，他知道自己要進入下一階段了，沉睡是為了重生的蛻變。

「啪」一聲傳來，山洞中的燈光開始慢慢熄滅，手上的刺激感瞬間停止，他用盡殘存的力量轉過頭看著發電機電閘的方向，只見一隻手放在那電閘之上，傢伙滿嘴是血、氣若游絲地正看著自己，拉下電閘。

「去死吧……」那傢伙微笑著閉上眼睛。

「混蛋！大日本帝國萬歲！天皇萬歲！」

憤怒突破了生理的極限，他爆發出一聲含著巨大恨意的悲吼之後，便隨著黑暗慢慢沉寂，六十年的黑暗從此開始。

1

五月的花香彌漫在這一條以大學出名的街道，氣派的建築、圓弧形的拱門、青翠的草地、悅耳的鐘聲加上三五成群嘻笑漫步其間的學生，這是一個年輕、美好大學校園的寫照。

「嗯，這是你要的資料。」工讀生美眉將一堆資料放在服務台上，看著眼前這位眉清目秀但是略顯性格的大學生陳羽傑。

「謝謝。」陳羽傑接過學生證向她道謝。

「你是什麼系的？」工讀生美眉彎著身，用著輕柔略帶勾引的口吻問著陳羽傑，從她開襟過大的襯衣中露出的事業線讓陳羽傑有點分心。

「日文系。」陳羽傑回答著。

「你的手機幾號？」工讀生美眉清楚的知道自己的優點在哪裡，所以也大方對著陳羽傑提出這種有點小黏牙的要求。

「等我報告寫完還書的時候再給妳……好嗎？」陳羽傑露出微笑的回答著，沒人能拒絕這種誘惑。

「好吧，不過這個就先給我保管嘍。」工讀生美眉站直身，伸手抽出陳羽傑的學生證，對著陳羽傑笑笑往內走去。

「喂！同學。」

陳羽傑吃驚地愣了一下，隨即聳聳肩，抱著一堆書往閱覽區走去。

在綠色的枱燈旁，陳羽傑咬著筆桿在書堆中查閱資料，一本本日文書籍都是有關於二次大戰日本「神風特攻隊」的參考史料或是報導。陳羽傑嘆了口氣看著手上的筆，筆頭已經被咬出不少的痕跡了，陳羽傑看著寫不了幾個字的報告，無奈地扶著自己的頭，拿著筆戳著自己的頭皮苦思。

空無一人的校園，在教室外走廊的石階上，陳羽傑喝了口水，清一清喉嚨按下手上的錄音筆。他遲疑地看著手中筆記上潦草的字跡開始讀著：

「今天是二〇〇七年五月十日，這是陳羽傑期末報告第一次筆記錄音。在西元一九四四年，也就是昭和十九年，二次大戰的末期，日軍為阻止美軍航母艦隊的進攻，從菲律賓戰役起，日本三軍不惜一切的發動自殺攻擊，其中最著名的就是『神風特攻隊』；而其中有一位台籍隊員，就是我的阿公陳建森——Mori。」

陳羽傑按下停止鍵，無奈地嘆口氣看著手上的報告。

「資料這麼少怎麼做啊？」陳羽傑喃喃自語地抱怨著，因為這報告對他來說，不只是為了爭取成績而已，還有其他的意義，因此讓他備感苦惱。他放下錄音筆和報告，將掛在自己脖子上的項鏈取下端詳。

那是一條褪色且斑駁的項鏈，看得出有相當歷史了，項鏈的末端懸著一枚暗色的、頗為精緻的金戒指。陳羽傑皺起眉頭把金戒指拿起對著天空觀看，只見金戒指內圈有著幾個手工刻出細小、磨損的「原００１」字樣。

「唉……」陳羽傑無奈地放下戒指，把項鏈戴回自己脖子上，收拾好散落一地的東西離開。

2

「嗯……喔……」出租公寓中，木板隔起的牆壁遮掩不了隔壁男女激烈的肉搏聲響。陳羽傑無奈轉頭看著隔間木板牆，「媽的……有這麼厲害嗎？」他懷疑地自言自語。

他的房間內四處都堆滿雜物，有堆著滿滿衣服的洗衣籃、穿過沒洗的襪子、衣服、散落的光碟片、遊戲機、電視、雜誌、球鞋……所有男大生房間該有的東西這裡一樣不缺，空氣中充滿古龍水、洗髮精以及體味融合的味道。反而小書桌上倒是相當整齊，可見主人對於某些領域還是有一定的注重。

書桌上的筆記型電腦正在聯機，陳羽傑同時開了幾個視窗，一邊忙著敲進一些關鍵字，也忙著和網路遊戲對手廝殺，一邊還得在MSN上和他化名結識的諸多女孩打情罵俏。各種視窗不斷放大縮小也不會讓他手忙腳亂，看得出他滿習慣這樣的「作業流程」，不但如此，他還非常樂在其中。

「找到了。」

陳羽傑按下播放鍵，畫面出現的是二次大戰神風特攻隊衝撞美軍艦隊的黑白影片，陳羽傑聚精會神地看著這段黑白不帶血腥味道的歷史影像。只見飛機倏然拉高、俯衝、撞擊、爆炸、烈焰沖天，甲板上的船員四散奔逃，三分鐘不到的畫面真實記錄了血肉之軀與鋼鐵堡壘對抗的殘酷過程。

陳羽傑縮小視窗呼了一口氣，轉頭看著螢幕旁貼著關於神風特攻隊出征曲〈同期之櫻〉的歌詞。

「花開即應有散落的覺悟……等不到誓約之日，為何就此凋零飄謝……」

「為何就此凋零飄謝？」陳羽傑喃喃念著。

陳羽傑想了一下，拿起電話撥出個號碼，撥號的聲音在狹小空間中變得很大聲，隔壁男女肉搏的聲音反而自發性瞬間變小。

「知道隔壁有人嘍……」

陳羽傑斜了一下嘴角，揶揄地看著隔間的木板牆。

「喂？」一個中年女子的聲音從手機傳出。

「是我啦！高雄會不會熱？」陳羽傑隨口說著。

「怎麼啦？是不是沒錢了才想到打電話回家啊？」

中年女子沒好氣地說道。

「不是啦！我要問一下，阿媽走之前除了項鏈之外，還有沒有把什麼其他東西交給妳？」

陳羽傑邊說邊把玩著自己頸上的項鏈，而充當鏈墜的金戒指在自己指間纏繞著。

「沒有啊，就那一條項鏈、戒指和幾張相片而已啊。你問這個幹嘛？」女子的口氣有些懷疑。

「阿公不是日本神風特攻隊，為日本戰死嗎，日本政府都沒有補償喔？」陳羽傑問道。

「補償才幾萬塊錢而已……好啊！你這個夭壽死孩子，你現在是在動什麼腦筋？」

電話裡中年女子的聲音轉為憤怒，陳羽傑無奈動了動肩膀舒緩一下，他很知道他媽媽的個性，有些事情最好永遠不要提，錢的事情更不要在電話裡面說，不然回家肯定沒有好臉色看。

「不是啦！我要交作業，我寫的題目就是阿公啦，現在資料那麼少，是要怎麼寫。所以想問妳看看有沒有當初留下的關於部隊番號、還是有什麼資料可以查的。妳不要想太多啦。」

陳羽傑低聲下氣地說，畢竟自己的經濟大權是握在她手裡，有些人是永遠得罪不起的，這一點他還滿有自知之明。

「嗯……」

電話那一邊傳來思考的聲音，陳羽傑輕吐了一口氣，等待話筒另一端的回應。

「不然這樣好了……我給你一個電話……有一個陳伯，古早有來過我們家，你阿媽說他是最後一個替你阿公交一些東西給你阿媽的人。你阿媽過身後他就沒再來過了，要不然你打電話去問一下。」媽媽一口氣講完。

「好，我抄一下。」陳羽傑拿過紙筆將號碼留在筆記本上，又再講了幾句後掛掉電話，此刻他發覺隔壁不知何時已經安靜無聲。他轉頭看著電腦，畫面中自殺飛機的攻擊一直重複著，每隔三分鐘生命就毀滅一次。電腦螢光幕映著陳羽傑的臉，他關掉自殺飛機影像的視窗，重新加入魔族戰場繼續和妖獸廝殺，但是遊戲中的他一下子就掛點了，顯然他已經分心在某些其他事物上。

3

下雨過後的天空一片蔚藍。台東大武山區，身穿迷彩裝、背著步槍的班長陳建鴻、班兵吳尚如一臉疲憊地靠著樹，樹幹上螞蟻整齊有序地上下往返著。陳建鴻吐了一口煙，無聊地拿著煙頭向著螞蟻靠近，猩紅的煙頭嚇得螞蟻四處逃竄，一旁的吳尚如嘴巴含糊不清自顧自地說著。

「你知道嗎？我們之前社團有討論過，二次大戰末日本撤軍時一堆黃金和戰需物資來不及撤走，所以找了一堆原住民在大武山裡面挖洞藏寶，就在七〇到八〇年代，這邊一片挖寶熱，那時候還有什麼殺人魔王，也都是從想挖日軍寶藏開始……」吳尚如表情嚴肅信誓旦旦地對著正在燒螞蟻的陳建鴻說。

「想錢想瘋了。」

陳建鴻根本不想理吳尚如，他目無表情地繼續拿煙頭燙著螞蟻，一隻螞蟻在煙頭的紅光中六隻腳朝空垂死掙扎。

吳尚如看到陳建鴻不以為意的表情，他毫不氣餒繼續說：「寶藏如果給我找到就好嘍。

一輩子吃喝不盡，爽斃了。喂，到時候班長如果退伍沒事幹可以來找我，保證好康啦！誰叫你是我班長，又是同鄉……」

吳尚如咧著嘴對著陳建鴻傻笑。

陳建鴻將煙丟到地上踩熄，轉頭看著眼前這個笑起來近乎白痴吳尚如。

「媽的！你有病啊？我現在只希望演習快點結束，幹！幾天沒洗澡了，昨天又淋雨淋成這樣，你聞聞你身上的酸味，不臭嗎？還有精神在講那些有的沒的！」

吳尚如拉起袖子聞了一聞自己的衣服，皺起眉頭露出厭惡的表情。

「真的咧，好臭喔！」

吳尚如抬頭咧嘴傻笑地看著陳建鴻。

陳建鴻搖搖頭，拿起水壺打開蓋子。

「跟這個傻子再一起待下去我會發瘋……」陳建鴻邊喝水邊喃喃自語地說。

「什麼？什麼發瘋？」

吳尚如湊近身來好奇地問陳建鴻，身上一股酸臭味隨之撲鼻而來，陳建鴻再也忍不住，一口水都沒喝，站起身來就將水壺用力砸向樹幹。

碰的一聲，水壺幾個彈跳之後掉入下方河谷，吳尚如愕然地看著陳建鴻。

「怎麼了？」

陳建鴻看著吳尚如那一張接近智障的臉，加上衣服的酸臭味，陳建鴻覺得一陣噁心地轉過頭去。吳尚如從陳建鴻的眼神中也感覺到對方的不舒服，開始發覺這個不舒服有可能是因他而起，吳尚如原本傻笑的臉沉了下來，一隻手抓起自己的步槍。

4

「傷害、不服管教、精神狀態不穩、大學歷史系肄業，嘿嘿，還是你的同鄉。坦白說，這個傢伙就是那一種看起來像白痴但不是白痴的天兵，這種阿兵哥我看得太多了。」

在連部辦公室裡嗡嗡作響的爛冷氣之下，排長刀疤佬的冷笑話真的比冷氣的噪音還要難聽。

「既然這樣，為什麼要把他分給我？」

陳建鴻清清喉嚨，看著刀疤佬。

刀疤佬將手上的檔案夾往桌上一丟，翹起二郎腿一臉囂張地看著陳建鴻，陳建鴻也回瞪著臉上凹凹凸凸的刀疤佬，刀疤佬的臉在冷氣房中泛著一抹油光。

陳建鴻突然想起關於他臉上刀疤的兩種說法：一種說法是他被一群待退的老兵在營區邊上給揍出來的，但另外的官方說法卻說是他見義勇為，制服兩個正在行搶的機車搶匪時所留下來的。部隊內大部分的人都寧願相信前者，畢竟刀疤佬的個性在營區是出了名的欠揍。

「他家裡有點關係……但是又沒有那麼夠力，他精神耗弱的程度也沒辦法驗退，所以只能先安排轉來這裡。但是這次演習有美軍觀察團參與，我不想讓他在這裡丟臉，而連裡又沒有地方可以把他塞進去，所以你帶著他出去當斥候是最適合不過的。」

刀疤佬從口袋掏出一根煙點起，斜眼看著陳建鴻。

「最重要的是，我不喜歡他，也不喜歡你，你們兩個最好都滾遠一點，我不想看到你們兩個，少讓我煩，夠清楚了吧。你現在可以滾出去了！」

刀疤佬轉過頭對著垃圾桶用力吐了一口痰，黃色濃稠的痰落在垃圾桶外黏著垃圾桶往下延長，刀疤佬回頭輕蔑地看著陳建鴻。

「快滾吧！還杵在這裡做什麼？」

5

「班長！現在是怎樣？」

冷氣的噪音變成午後的蟬聲吱吱作響，樹葉的陰影落在吳尚如的臉上，陰影和他臉上憎恨的眼白形成強烈的對比，陳建鴻回過神來吞了口口水。

「沒事，只是不爽。」

陳建鴻看著這個站在身前，身高約一七五、有個大肚腩的傢伙，這是個精神不穩、有傷害前科的士兵，他攻擊的對象就是他在新訓中心的政戰官，而攻擊的理由是吳尚如認為政戰官在莒光日教學中侮辱了馬克思，因為政戰官說馬克思是自由市場經濟的破壞者。

天知道這個姓馬的究竟有沒有幹過那些事，陳建鴻暗忖沒必要現在做出挑釁的動作或是言語，至少在這個「真槍實彈」演習的節骨眼上。況且現在也沒有第三人在場，沒人會說他是個孬種。

「不爽什麼？」

吳尚如現在感覺是有點咄咄逼人地問著陳建鴻。

「當然不爽啊！雖然只是參與觀察演習，人家美國觀察兵都是拿 M5P 衝鋒槍外加衛星攝影機，我們拿的是國造六五；人家住的是營區，我們睡的是山區；阿兜仔每天吃牛排，我們連牛屎都吃不到，還像猴子似的在山裡面鑽來鑽去。一樣是人生父母養的，媽的！」

陳建鴻試圖將焦點轉到這次的演習上，吳尚如瞪大眼睛未置可否地看著陳建鴻，眼神中還是充滿懷疑。

「沒事。」

陳建鴻聳聳肩試圖讓氣氛和緩下來，他拿起自己的步槍和行軍袋，然後盡量壓低自己的怒氣、放緩語調看著吳尚如。

「走吧！現在往座標二二八九出發。」

吳尚如看著陳建鴻遲疑了一下。

「好了啦，罵有用喔？你知道嗎，這幾天在山裡面鑽的時候，我很專心的在看有沒有什麼線索，要是給我找到的話……」

吳尚如又喋喋不休重新提起剛才的話題。

陳建鴻只覺得眼前一陣暈眩。

「真是被打敗了。」

陳建鴻無奈看著吳尚如。

「你還在想喔？不要扯了啦，走吧。」

「水壺？」吳尚如看著陳建鴻說道。

「對喔。」

兩人轉頭看著一旁的河谷，雜草茂密到看不見河的位置，但是以下方傳來的水流聲判斷，從兩人現在的位置到河谷應該是有段距離。

陳建鴻走近邊坡往下望著，打量著河谷四周地形看了一下。

「我下去找，你在這邊等我，顧好槍和背袋。」

他簡單地對著吳尚如發出指令，吳尚如猶豫了一下，陳建鴻揮揮手叫他不要講話，其實他現在是根本不想再跟這個白痴廢話了，吳尚如閉上嘴乖乖看著陳建鴻扶著樹幹一步一步向下走去。

陳建鴻小心穿過邊坡上叢生的雜草與灌木，謹慎地一步一步往下走。但是陳建鴻沒想到這個河谷會那麼深，而且這邊坡會一下子變得這麼陡峭，走了半天感覺還是離河谷很遠，他開始有點後悔剛才丟水壺的舉動。

「媽的！自作孽……剛才何必跟那個低能計較。」

突然腳下一滑，岩石瞬間鬆動，陳建鴻整個人往下直掉。

「幹！」陳建鴻大喊一聲伸出雙手死命揪著一旁的灌木，驚魂未歇地往下看著，岩石撞到河谷傳回幾聲悶響。

「班長，你還好吧？沒事吧？要不要下去幫你？」

上方傳來吳尚如的喊聲。

「不要！」陳建鴻往上喊著。

「你來的話只會越幫越忙，幹！」

陳建鴻小聲憤怒地又咒罵了幾句。

他轉頭四處看著可以抓握的地方，一轉身就看見自己的鋁製軍用水壺卡在上方不遠的樹叢之中。

「媽的！原來掉在這裡！」陳建鴻看著上方有點變形的水壺，伸出舌頭舔舔乾燥的嘴唇，環顧四周尋找可以攀爬的地方。他發現剛才滑倒踢掉的土堆中有露出一個小小的、平整的水泥突角，他轉頭好奇地打量著周遭環境。

「奇怪，這個地方怎麼會有這種東西？」

陳建鴻拔出腰間刺刀，挖掘並清理著水泥塊的周遭，發現這有可能是一塊水泥平台。

他使勁用刺刀往上一戳，突然整面泥石塊順勢掉落，陳建鴻機靈的閃過掉落的土石堆，一陣泥塵過後，山坡面居然出現了一個偽裝的山洞大門。

「靠！」陳建鴻不敢置信地看著眼前的一切，伸手握住樹幹爬到洞口，用力推開大門。在大門旁踢到一個被塵土掩埋的東西，陳建鴻俯身撿起，是一把布滿鐵鏽、二戰時期的日本步槍用刺刀，陳建鴻仔細端詳著。

6

「這就是日軍山洞！」

陳建鴻回頭，只見吳尚如背著兩枝步槍也攀爬下來，放下軍背袋，往前走了幾步，臉色凝重地看著洞口。

「你怎麼下來了？我有要你下來嗎？」陳建鴻沒好氣地看著吳尚如，吳尚如不理班長，眼睛閃爍著興奮。

「真的有耶！」他看著山洞深處喃喃自語地說。

陳建鴻懶得答理，他隨手放下刺刀，彎腰從背袋中拿起無線電準備回報。

「你要幹什麼？」

「喀嚓！」一聲子彈上膛的聲音，陳建鴻還沒會意過來，冰冷的槍管已經抵在自己的背脊上，一股來自於金屬和發自於內心的寒意直直竄入體內。他轉頭看著吳尚如，只見吳尚如正用嚴厲的目光盯著自己。

「你要幹什麼？」吳尚如再問。

陳建鴻用著懷疑的眼神看著吳尚如，他伸手想要撥開槍管，沒想到吳尚如反而進一步的用槍管戳著他的胸膛，他往後退了一步。

「你要幹什麼？」吳尚如再一次不客氣地問著陳建鴻。

「回報啊，不然咧？」陳建鴻對著吳尚如吼著。

陳建鴻看著吳尚如的臉色先是轉白，接著又變得通紅，握住步槍的手隱隱發抖。吳尚如吞了口口水厲聲對陳建鴻大叫著。

「不准回報。回報對你和我有什麼好處？」

「啊？」陳建鴻愕然看著吳尚如。

「你想當一輩子的魯蛇嗎？班長！這裡面的東西有可能會讓你我幾輩子都吃不完，為什麼要回報？」吳尚如脹紅著臉對著陳建鴻大喊。

陳建鴻聽完後全身一震，隨即沉默地看著吳尚如。

「你想一下，要想清楚，你想要榮華富貴還是想回報？如果你要回報，那麼我就不客氣了！」吳尚如意志堅定地舉起了槍對準了陳建鴻，陳建鴻看著吳尚如手上的國造六五式的槍管，又抬頭看了看吳尚如和他背後黝黑的山洞。

7

人的生理反應是隱藏不了的，陳建鴻的瞳孔在瞬間出現了放大與收縮，那是抉擇與思考的訊號，收放的速度就像人腦在死前的幾秒鐘會回憶完自己一生一樣迅速。陳建鴻已經在這幾秒鐘內閃過好幾種解決現在窘境的方式，但是都不會成功。如果現在不同意他，就有可能被自己的班兵威脅，最後被殺害、棄屍，所有人只會覺得這是一個笨蛋班長應有的下場。

不但如此，媒體還會不斷用著八卦語氣進行誇大的報導，也會有立委為這件事情在立法院質詢，屆時也許該死的刀疤佬、連長、營長、師長、總司令在立委質詢時會唯唯諾諾地回答：我們會加強軍、士官兵的養成教育，不會讓這種「憾事」再度發生云云……但是這值得嗎？如果現在同意他……沒錯！這跟中樂透不是一樣的道理嗎？只是獎金要自己去選、自己去搬，這有什麼不好呢？

陳建鴻想了想又伸出舌頭舔了舔嘴唇，感覺渴得更厲害了。他吞了口口水，暗想：「剛剛應該先去拿水壺喝口水再來挖才對……該死。」

吳尚如也嚥了口口水，但是他端槍瞄準的手反而不抖了，他屏息等待陳建鴻的回答。

「你能確定這是所謂的日軍藏寶山洞嗎？」

陳建鴻的聲音聽起來就像下方河谷的回音，乾澀而且不確定。

吳尚如沒放下槍，仍然將槍管瞄準著陳建鴻，但他緩慢地平移自己肥肚腩底下的腿，將生鏽的日軍刺刀踢到陳建鴻的面前。

「不管這裡面有沒有寶藏，但一定是日本人開挖的山洞。這就是證明。」

吳尚如透過準星看著陳建鴻說著，陳建鴻忽然覺得他的動作有點可笑滑稽，畢竟雙方距離這麼近，自己又是那麼大的目標，根本不需要透過準星瞄準，陳建鴻想，也許吳尚如想讓他自己有點事情可以專心吧。

「我們怎麼分？」

陳建鴻看著吳尚如，吳尚如不回答反而退了兩步，將另一枝槍踢到自己背後。

「要是真有寶藏的話，我們要怎麼分？」陳建鴻再問了一次。

「我六十，你四十。」

吳尚如看著陳建鴻回答著，但是他還是緊握步槍警衛著陳建鴻的動作。

「幹！這是我發現的，為什麼我拿得比較少？」

陳建鴻現在反而像是一個菜市場賣菜的小販開始喊價錢了。

「就是六十，四十。」吳尚如不甘示弱地回喊著。

「為什麼？」陳建鴻問道。

「這裡面看起來不一定會有黃金，很有可能是別的東西，比如說是槍枝、彈藥，或是一些文獻，我知道哪裡可以脫手換錢。不然你知道哪裡能賣掉這些東西嗎？所以六十、四十很合理！」吳尚如動動手上的槍，盯著陳建鴻說著。

「如果裡面是黃金呢？那又要怎麼分？」陳建鴻忍住怒氣問道。

「那更簡單，我家是開銀樓的，我可以將黃金兌現，所以到時候我還要多分一點。」

「什麼叫你多分一點？」陳建鴻開始有點不爽。

「刷卡也要付手續費吧！不是嗎？」

「幹！伊娘咧。」

吳尚如斤斤計較的個性已經在此展露無遺，陳建鴻沒轍地罵了一聲。

「一言為定？班長。」吳尚如試探性地問著陳建鴻。

「好吧，一言為定。你先把槍放下來。」

陳建鴻口氣嚴厲地對著吳尚如命令著，試圖重新建立起自己的權威，吳尚如笑一笑將槍放低，但是槍管還是指著他的大腿。

「聽你的命令ＯＫ啊，那現在呢？要不要去探險？要不要去找黃金？班長。」

吳尚如嘲謔地看著陳建鴻，陳建鴻皺著眉頭轉身看著黝黑的山洞又吞了口口水。

「應該還是要先喝口水的……」陳建鴻暗自想著。

8

白色的ＬＥＤ燈光亮起，陳建鴻和吳尚如打開手電筒夾在頭盔上，沿著一條人工開鑿但是長滿青苔的階梯往下走去。兩個人類似鬼魅的剪影頭上發著亮光，正向著黑暗緩步的前進著。

入口不遠，兩具穿著日本軍服的白骨橫倒在樓梯之間，陳建鴻倒吸了一口氣停了下來。

「我告訴你，班長，我們真的找到了。」後面隔著幾步之遙、端著雙槍的吳尚如掩不住興奮之意對著陳建鴻說著。

「靠夭啊，小聲點啦。」陳建鴻不滿地喝叱著吳尚如。畢竟，他只拿著一把未開鋒的刺刀走在前面，這感覺真是滿有壓力的，而這個壓力是來自於眼前看到的白骨，未知的黑暗，以及後面那押著他的該死槍口。

「快走吧，班長。」後面傳來吆喝聲。

「媽的。」陳建鴻低聲又罵了一句。

跨過白骨，兩人順著階梯一直往下走，四周牆壁滲水越來越多，空氣也散發著發霉的潮味。走過一個彎角，在光線照射之下，眼前出現的是一座生鏽斑駁的大型鐵門，兩人愣了一下。

「怎麼辦？」後面的吳尚如疑惑地問著陳建鴻。

「怎麼辦？我還要問你怎麼辦咧，你不是專家嗎？你告訴我該怎麼辦啊！」陳建鴻沒好氣地頂著吳尚如。

「去開門。」吳尚如用槍管戳了一下陳建鴻的背。

「不要頂我。」陳建鴻握緊拳頭，低聲憤怒地說。

吳尚如不理他，又用槍再戳了他一下隨即往後退了一步。

「去開門，快！」

吳尚如的舉動讓陳建鴻突然想到一件事，原來自己對這種橋段有著熟悉的原因，就是現在的感覺好像是在看外國的驚悚片一樣，往往最緊張的時刻就是當門打開的瞬間，不知道會有什麼東西從門後竄出，只不過現在男主角變成了是他自己。

「媽的，你這混蛋！」陳建鴻咒罵一句後無奈伸手用力轉了一下門把。

「喀」一聲大門開啟的聲音傳來，經過這麼多年的鏽蝕，這大門居然還可以打開。

陳建鴻鬆了一口氣，後方幾步之遙的吳尚如表情興奮異常，但是陳建鴻轉動門把的手在此時卻停了下來。

「搞什麼？快開門啊。」吳尚如走近陳建鴻身後，一邊用槍頂著陳建鴻，一邊斥喝著。他話還沒說完，陳建鴻倏然轉過身，一隻手順著槍管往上奪下步槍，另一隻手直接以手刀劈向吳尚如。

「唉呀！」吳尚如還來不及反應，臉龐挨上一記之外，他手中的步槍也已被陳建鴻奪下。陳建鴻斜身反手把吳尚如的頭壓在牆面上，另一隻手用槍頂著吳尚如的頭。

陳建鴻滿臉怒氣地靠近吳尚如，「不要拿槍戳我，你聽到沒有？你他媽的聽到沒有？」

吳尚如驚懼地點點頭，陳建鴻停了一下喘了一口氣，放開吳尚如站起身來。吳尚如哆嗦地轉身扶正了眼鏡，陳建鴻用手理理頭髮看著他。

「告訴你，這件事情是我起的頭，但是我想如果這件事沒有你的話可能會成不了。五十，五十。不要跟我再廢話了，聽到沒有？不然我現在就幹掉你。」

陳建鴻拿起了槍頂著吳尚如的大肚腩。

形勢比人強，加上現在槍已經在人家手上，吳尚如此時表情如同喪家之犬。陳建鴻嘴角冷酷地動了動。

這鐵門裡面會是什麼狀況？陳建鴻暗忖，研判著後續的情勢。雖然沒有過尋寶的經驗，但是面對門後未知的這一塊，他還是有著一定的訓練與經驗，他這下還得感謝那些在特戰中心把自己被操到瀕死的混蛋士官們。

他隨後做了一件讓吳尚如不敢相信的事，陳建鴻居然將一支六五步槍丟給了吳尚如，吳尚如拿著槍不可思議地看著陳建鴻。

「拿好。」隨著命令與「喀嚓」聲響，陳建鴻拉開了手中的國造六五步槍的槍機，他轉頭看著吳尚如。「我們不知道裡面有什麼，你還記得單兵斥候課程嗎？進去後你走左邊，我走右邊。有問題嗎？」

陳建鴻看著吳尚如，吳尚如吞了口口水點了點頭。

「明白。」

「把槍機拉開。」陳建鴻比了個手勢。

陳建鴻蹲在門前用右手輕輕轉動著門把，門把被順時針的扭轉到底，陳建鴻比了一下槍上的紅外線瞄準器。

「打開瞄準器。」

吳尚如點點頭，會意地將瞄準器打開，陳建鴻看著吳尚如微聲地動了動嘴唇。

「一、二、三，走。」

陳建鴻將大門往前一推並且起腳踹開鐵門，兩人持槍衝入裡面，一左一右馬上拿槍四處掃描著。在LED手電筒照射之下，洞穴用黑暗與沉默回應這兩個不速之客。

9

陳建鴻看了一下大喊：「左邊安全。」

吳尚如隨即喊著：「右邊安全。」

紅外線掃描器的光點四處晃動，此時山洞深處一個紅點倏地亮了一下，但是陳建鴻和吳尚如兩人並未發現。

兩人放下槍，拿起手電筒照著這偌大的山洞，驚訝地看著四周。在手電筒的照耀之下，這山洞中盡是一些塵封已久的儀器和一個個大木箱。

「真大啊！」陳建鴻驚訝的口吻說道。

「我們發啦，班長。」吳尚如語音顫抖地說著。

「外面那麼濕，但是裡面居然會那麼乾燥。」陳建鴻皺著眉頭喃喃自語地摸著牆壁後看著自己的手指，洞穴外面的走道是一片潮濕滲水，但是洞穴內卻乾燥異常。

「靠，媽的！」順著陳建鴻手電筒的方向，燈光照耀之下，吳尚如往後退了幾步，訝異莫名的驚懼神情出現在他的臉上。

是骷髏！

幾張長工作桌旁幾具骷髏七零八落交疊著，陳建鴻拿起手電筒繼續往內照過去，看不見盡頭的山洞深處似乎還有著幾具骷髏躺在地上。

「靠！怎麼回事？」

陳建鴻大著膽子走向前去在骷髏群前蹲了下來，他一手拿著手電筒，一手拔出腰間的刺刀，用刺刀去撥弄這幾具骷髏。每一具骷髏殘破的衣服上或多或少都有彈孔，彈孔旁已經變成黑色硬塊的血漬透露出一股邪氣。

「班長，你過來看一下。」

吳尚如站在幾具骷髏面前喊著陳建鴻，陳建鴻走了過去。

「看什麼？」他好奇問著。

吳尚如手指著眼前那具骷髏的身上，「你看一下這個。」

陳建鴻順著他的指頭往前看，一下子呆住了，只見這幾具骷髏的手臂上有著黑、白、紅三色的「卐」字號臂章，而骷髏上的破爛制服和殘存的金黃色頭髮也說明了這幾具骷髏的人種和國別。

「這是納粹……這裡怎麼可能會有德國人呢？」

蹲下身的陳建鴻疑惑的眼神看著吳尚如，吳尚如聳了聳肩，一臉「不知道、別問我」的表情。

「奇怪，那這個洞穴原本究竟是做什麼的？這看起來不像是一般的倉庫……」

陳建鴻沉吟著，他站起身拿起手電筒照著裡面幾張生鏽鐵床上巨大黝黑的長條橢圓物體，他伸手在這幾個不知名物體的表面上摸了一摸。

是絲！一些細微的黏絲如同蜘蛛絲般的黏在他的手上，他皺著眉伸手在褲管上擦了一擦。這會是個蟲蛹嗎？他不自覺的退了一步，在鄉下長大的他知道這要真是個蟲蛹的話，這個蟲會有多大？從進來開始，這個山洞一直給他一種詭異、不舒服的感覺。

「吳尚如。」他回頭喊了一聲，只見後面的吳尚如拿著刺刀對著一個木箱的邊縫中試探著。

「你在幹嘛？」陳建鴻問了一句。

「班長，我們拆開這些木箱看一看裡面是什麼好嗎？」吳尚如眼光在手電筒下發出一種渴望。

陳建鴻站起身看著四周的大木箱，貪婪之心在此時已經勝過了尋求解答的想法。

「嗯。」他點了點頭。

「OK，就這一個。」吳尚如用刺刀指了指眼前這個崩了一角的箱子。

「來吧。」陳建鴻握著刺刀走上前去找著縫隙，隨後刺刀「喀」一響的應聲而入。

「帥！」吳尚如這一聲聽得出是讚美，而非馬屁。陳建鴻嘴歪了一下，才半個小時之前要一拚生死的兩人，現在反而要同心協力一起動手來拆開木箱尋找寶藏，這真是一大諷刺。

「不夠，還要再深一點。」陳建鴻邊說邊用兩隻手握住了刀柄，手還沒施力，吳尚如腰上的無線電突然冒出聲響，嚇得他手上的手電筒也摔落到地上。

「蜂鳥蜂鳥，這裡是擎天九六六九，聽到請回答。」無線電刺耳的高頻聲打破了寧靜。

「靠夭，他媽的！你嚇人啊？這麼沒用。」陳建鴻這聲怒罵一半是為了掩飾自己受到的驚嚇，這無線電響得真不是時候。

陳建鴻按下無線電發話鍵，對著無線電說道：「蜂鳥收到，請說。」

無線電的另一頭傳來一陣咆哮，刀疤佬無賴與恐嚇的聲音從無線電內傳出：「狗日的，你們兩個死哪裡去啦？快點滾到山下來報到，給你們二十分鐘，不然你們就等著送禁閉吧！」

「你媽個屄，操！」吳尚如無聲地以嘴型說著這幾個字。

「我操你媽！」陳建鴻也張開嘴對著吳尚如無聲說著。

「聽見了嗎？」無線電嘰嘰喳喳的干擾聲中又傳來這句話。

陳建鴻心有不甘的按下通話鍵回報道：「收到，聽到了。」

「快點，王八蛋！」聲音倏然而止，刀疤佬收線了。

陳建鴻關掉無線電向吳尚如歪著頭比了一比。

「走吧。」

「幹！不然這樣，班長，我們先拆一箱看一看怎麼樣？一箱就好。」吳尚如熱切的眼光看著陳建鴻。

陳建鴻抬頭看著這個超大木箱，這還是其中最小的一個，但是如果只用刺刀，要將這個木箱全部拆開，估計也要花上半個小時，而這在現情況下是不被准許的。

陳建鴻搖了搖頭，他對著吳尚如強而有力地比了一下「撤退」的手勢後說道：「走啦，你剛才聽見刀疤佬的恐嚇了，這傢伙不是開玩笑的。走吧，我們再找時間回來拆就好了，快吧。」

「幹，死刀疤，等老子發財了，一定找人在營區外幹掉你。媽的，混蛋！」吳尚如氣憤地吼著。

陳建鴻看著這個發狠話的阿兵哥感覺有點好笑、有點無奈，因為他不是第一個想幹掉刀疤佬的士兵了，每一梯都有一票人想幹掉他。就算他的疤真的是被揍出來的，但是刀疤佬到現在不是還活得好好的？每逢過年過節時，還會有一些念舊的退伍班兵寄卡片給他，結婚喜帖、滿月油飯這些東西刀疤佬還收了不少咧，大家都只是說說罷了。

「快走吧。」陳建鴻催促著。

吳尚如憤恨地用力踢了工作桌一腳，桌上原本擺著的幾瓶液體因此掉落，「磅啷」幾聲，玻璃破碎的聲音在山洞中回響著，一股難聞的氣味讓陳建鴻皺起眉頭。

「他媽的，什麼味道啊？臭死了，走啦。」

陳建鴻不耐煩地吆喝著吳尚如。

「碰」的一聲，山洞的斑駁大門被關上，但是吳尚如又隨即推門進來，將門留下一個小縫後再轉身離開。隨著ＬＥＤ燈光的遠去，山洞又回到一片黑暗的狀態。

山洞深處，一聲「嘎吱」聲響後，布滿塵鏽的發電機開始運轉，山洞深處緩緩出現微弱的亮光，幾張實驗床上一個個巨型蟲蛹慢慢亮起，出現妖異的綠色光芒。

山洞僅剩的燈光慢慢亮起，裡面的陳設模糊可見，各式醫學實驗的器材四處散落布滿塵灰，而寄生在骷髏體中的小蟲因為燈光的倏然點亮而紛紛從原本屬於活人的口中、眼窩、鼻孔中爬出四處奔逃，實驗床上的透光蟲蛹隱約看見成蟲的輪廓。

「嗶」一聲，原本停止運作的無線電也因為電流的強大刺激而產生了訊號反應。

10

「嗶……嗶……」在日本自衛隊本部地下七層，標明「終戰」的機密倉庫中忽然傳出微弱的蜂鳴聲。

「怎麼搞的？什麼聲音？」原本在庫房裡看報紙、擺棋譜的老頭懷疑地轉過頭四處張望著。

老頭無奈扶好助聽器，戴著老花眼鏡，拿起報紙和手電筒，心不甘情不願地在一排又一排堆放各式木箱的層棧板中找著聲音的來源。

「混蛋！哪裡的聲音呢？」老頭四處摸索。

「這一排嗎？」老頭自言自語的邊說邊側耳聽著，最後在一排層棧的深處聽到微弱的蜂鳴聲。老頭扶正老花眼鏡，不滿地走上前去看著發出蜂鳴聲的舊木箱，木箱後面接著幾條電源線。

「找到了……這一箱是什麼玩意？」

老頭拿起手上的報紙順手撢去木箱上的灰，拿起手電筒照著木箱上面的名牌，上面寫著「原００１」。

「怎麼回事？是插頭鬆了嗎？」

老頭自言自語地伸手拉了拉箱子後方的電源線，只見插頭還是牢固地插在層架上的電源孔中。

「奇怪？」老頭怔了一下，放下了手上的報紙，他打開了扳鈕、掀開了上掀式的木箱蓋，只見上面覆蓋著一層灰的黑色儀器正持續發出「嗶嗶嗶」的聲響。

「這是怎麼回事呢？」老頭拿下眼鏡，翻開了一旁已經變黃的檔案夾讀著裡面的資料。不一會突然臉色大變，他轉頭看著空無一人的儲藏間不禁喃喃自語：

「完蛋了。」

11

再長的蟄伏，也終將有蛻變的一天。蝴蝶在這端的羽翅微動，而彼岸卻迎來了猛烈的風暴。十多個小時過去了，原本在這片深邃的黑暗中，時間是沒有任何的意義，但是現在，生命即將找到自己的出路。

發電機突然發出了一聲尖銳、刺耳的噪音，指針倏然的往著順時針擺動，來到紅色危險區域，發電機達到滿載狀態，燈光因電壓不穩的影響，整個山洞開始忽明忽暗地閃爍著。

實驗床上的幾個巨型蟲蛹已經出現裂縫，發電機此時已經達到超載界限，電流指標上下急速跳動，老舊的機器像是承受不了這樣的超載。

「碰」一聲巨響，發電機保險絲燒毀，電錶歸零，一切戛然而止。

正當一切將歸於平靜時，突然一隻長滿硬毛的巨大前肢從蟲蛹中破出，一隻蟲體正掙扎地要從蟲蛹掙脫，綠色的液體從每個蟲蛹的破裂之處傾瀉而出，掙扎脫殼的蟲體此起彼落的悲鳴迴盪在山洞之中，漸漸的哀嚎彷彿被黑暗吸走，慢慢回復到平靜。

「啊……」一個類似男子的嘶啞叫聲再次打破寂靜的空間，只是這次叫聲中帶著驚懼、恐慌，還有絕望。

12

燥熱的天氣，黏稠的風，就算坐在有冷氣的巴士內也不會感到愉快。窗外白花花令人暈眩的藍天，忽然讓陳羽傑有種置身異國的感覺，這種感覺直到巴士過了城門，他才發現自己已經身處在南台灣尾的小鎮恆春，車緩緩地開進了老舊的巴士站。

「恆春，終點站到了。」

感覺這戴著墨鏡的司機是對著陳羽傑吆喝，這巴士上已經沒幾個人了，陳羽傑看起來是司機眼中唯一的「外地人」。

「靠夭……要往哪裡走？」

拿著地圖的陳羽傑下車後左顧右盼看著，這個鎮雖說不大，但是要到鎮上的任何一個地方都還是有點距離。巴士車站外戴著墨鏡、咬著檳榔的排班計程車司機虎視眈眈看著他，但是他們既不行動也不準備主動拉客，而是等著陳羽傑自己來開口。畢竟他開口和他們開口，這代表的是施與受的對象不同，相對的價格自然也就不一樣，計程車司機的尊嚴在這裡得到了捍衛。

「從這邊吧？」自言自語的陳羽傑喝了口水，抿嘴跨步離開了禿鷹群的視線，他決定自己按圖索驥找過去。

左轉再右轉，他把手上的地圖豎七倒八地轉過幾圈，穿過一大堆看起來都類似的透天厝，經過幾家當地特產店，他終於站在鎮尾的一棟木造平房大門前。陳羽傑打量著眼前的這一戶人家，屋外的老舊圍牆已經有點頹圮，庭院中大龍眼樹枝濃葉茂加上蟬聲此起彼落，雖然是接近正午，倒是讓人感覺有點淒涼。陳羽傑遲疑地按下了大門旁的電鈴。

庭院大龍眼樹上的蟬聲壓過了電鈴聲，陳羽傑不耐地又按了第二次，終於聽到裡面內門傳來了遲緩的開門聲。陳羽傑抓緊時間對著停在門外的摩托車後照鏡整理了一下頭髮，又低頭看了一下手上的禮盒，幾分鐘過去了，陳羽傑無奈地等待著開門。

「吱呀」一聲，紅色的舊木門被打開，但是卻沒有看到人影。

陳羽傑將「你好」這句場面話硬生生吞回肚子裡，過了一會兒，才看見一個只剩一條腿，拄著拐杖，穿著台式汗衫、短褲，滿頭花白的老頭探出身來打量著，陳羽傑對著老人恭敬地點了點頭。

「少年仔，你要找誰？」老頭不客氣地問。

陳羽傑心裡不舒服，但還是禮貌對著老人說：「阿伯你好，我找陳嘉世先生。」

老人臉上充滿詫異的神情，不答腔看著陳羽傑，也看著他的打扮。的確，一頭時下年輕人流行的暗金色亂髮，加上又戴著耳環，全身嘻哈裝扮的陳羽傑在找路的時候已經讓不少恆春當地人對他側目相看。

「我就是啊！你有我什麼事情？你是誰？」老頭語氣中帶著敵意。

陳羽傑鬆了一口氣：「阿伯，你好。我是陳建森、Mori 的孫子，我叫陳羽傑。」

「啊！」老人驚訝得說不出話，這眼前的小孩居然是 Mori 的孫子？

陳羽傑也感覺到老人態度上的轉變，他嘴角露出了一絲假意的微笑看著老人。

「阿伯，我之前有打電話給你，你還記得嗎？」

陳羽傑試圖拉近他和老人的距離，但是老人卻眼眶泛紅地嘆了一口氣，陳羽傑嚇了一跳，只能閉上嘴看著老人，不知如何是好。

13

龍眼樹上的蟬聲斷斷續續，近午的陽光不似上午灼目，在恆春鎮上的老宅裡，兩個人分坐在沙發兩端，彼此都顯得拘泥僵硬，但是兩人仍然維持著應有的禮儀與招數，現在誰也不想試圖越過界線。

老人來回翻動看著陳羽傑帶來的筆記本，裡面有一張張泛黃的照片，老人邊翻邊不時拿起毛巾擦拭眼角。

「好久嘍……」老人嘆了一口氣說道。

陳羽傑抬頭不解地看著老人，老人順手將一張一群年輕人身穿飛行服裝，表情肅穆站在零式戰機之前的合影放在茶几上，抬頭看著陳羽傑。

「你想知道什麼？」

忽然一個念頭閃進陳羽傑的腦袋，他決定直接攻擊要害。

「我阿公是神風特攻隊隊員，你也是神風特攻隊的隊員嗎？」陳羽傑邊問邊按下手上錄音筆的錄音鍵。

「是啊，我是啊。」老人的臉浮現出一種斑駁的榮譽感，似乎對以往有的光榮再次感到驕傲。

「所以？」陳羽傑好奇問著。

「日本時代要進去飛行學校不是一件簡單的事情，我跟你阿公、還有一個姓李的，三人是經過日本醫師的檢查，然後還要去考試才被選上的。等到名單一公布，我這邊的保正、村長、鄉長都來我家恭喜，那時候能夠去當日本空軍的飛行員真的是最厲害、最光榮的啊。跟那些被抓去南洋打仗的少年仔相比，我們就是日本時代的一級棒。」老人比出了拇指，眼神充滿了回憶的熱情。

「後來你怎麼沒去飛自……了？是怎麼了嗎？」陳羽傑把「自殺」這兩個字硬生生的轉了過去，還好老人似乎沒聽清楚。

「就失敗了啊……不然現在……這都是命啦。」老人嘆了一口氣，無意識地摸了摸自己空著的褲管。

「是喔。」陳羽傑答腔，但還是不太明瞭。

老人熱情的臉一下子冷卻了，回答上也是顯得有點意興闌珊。

「阿伯，你能不能說一說我阿公的故事？」陳羽傑小心地繼續追問。

「你阿公？Mori？」老人轉頭看著他。

「嗯。」陳羽傑點了點頭。

窗外的知了聲瞬間又大了起來，老人挪了一下身子，他的眼神無焦地看著前方，陷入了回憶。

「我跟你說，你阿公在我們那一梯是飛行技術最好的，我那時候……哎，誰叫我訓練時飛機故障迫降，算好運沒死，只是變成跛腳……唉，你阿公最後要給你阿嬤的東西還是我送過去的，你阿公最後怎麼樣我就不知道啦，我是到後來聽人家說是帶到台東大武山區去出什麼任務。唉，這都是命啦……」

雖然老人答非所問，但至少還說出一點事情的輪廓，陳羽傑按下暫停鍵思索著下一個問題。其實老人已經將他想要問的問題全都說出答案了，但是來這裡一趟總不能就這樣回去吧？這樣子的話投資報酬率未免嫌低了一點，坐車加上禮盒還花了好幾百塊。

「對了，」陳羽傑腦中靈光一現，他看著擦著眼角的老人，「阿伯，你剛才說他最後被送到台東，但是台東當時有機場嗎？」

「啊？啥米？」這個問題老人似乎沒聽懂，他懷疑的看著陳羽傑。

「我說，那時候台東有機場嗎？」陳羽傑提高了音量看著老人問道。

「喔……台東機場喔……我是聽人說當時台東市有一個日本海軍還是陸軍的機場在那邊，可是台灣那時候神風機場有的就是台中、台南、新竹、宜蘭……台東就是沒有咱神風隊的機場，所以我們才覺得奇怪啊。沒神風飛機，那他們送神風的飛行員去台東做什麼？有人說可能是從台東坐船去菲律賓，最後就沒有聽到什麼消息啦。唉，都是命啦！」

老人不斷重複著宿命論，陳羽傑無奈看著老人，他惡意地想著，如果老人不是因為墜機意外無緣於神風特攻隊的話，他會不會就是他房間電腦螢幕中那個為天皇效忠的殉道者？陳羽傑想這是機率問題吧，但反過來說也許就是命了。

「阿伯，你看過這條項鏈嗎？」陳羽傑問著，他不想再拖延下去了。

「什麼？」

陳羽傑把項鏈解下交給老人，老人疑惑地翻來覆去看著。

「這是誰的項鏈？是要看什麼？」

「不是項鏈啦，是戒指裡面刻的那幾個字。」羽傑指了指戒指，老人皺著眉把戒指舉高對著日光燈。

「沒啊，刻著這麼小字，是要怎麼看？」老人邊罵邊嘗試要看清楚裡面的小字。

「裡面刻著『原００１』，阿伯你有印象嗎？」

「什麼？刻著什麼？」
「原００１。」羽傑加重了語氣。
老人想了一下，又低頭仔細看著戒指。
「阿伯你知道這『原００１』是什麼意思嗎？」
羽傑熱切的眼光直盯著老人，現在謎底即將揭曉。
老人用手撓撓頭，一臉苦思的模樣，看到老人這種表情，羽傑的心瞬時涼了半截。
「這條項鏈應該是軍隊派給他的，但是我記得是沒什麼意義啦，『原００１』可能是代表中隊番號，別人可能是『櫻００１』或是『菊００１』，就是這樣子。」
老人不確定的回答讓陳羽傑一臉失望。
「阿伯，我阿公的任務跟這個有沒有關係？」
「應該是沒有哩……」老人又拿起毛巾擦拭眼角，羽傑伸手抓了抓額頭，心想這一趟真是虧大了。
「這一條項鏈和戒指是誰給你的？」老人放下毛巾看著羽傑。
「是我阿嬤給我的，伊是說阿公最後要出發前透過你轉交給她的，你都不記得了嗎？」希望重燃，陳羽傑略帶急迫地看著老人。

「是喔。那時候Mori託我轉交的東西我沒拆就直接送給了你阿嬤，我也不知道裡面有什麼，原來是這條項鏈和這枚戒指喔。你要保管好喔，這些東西很有意義的哩，收好！」

他把項鏈遞還給了陳羽傑。

「喔。」陳羽傑失望的收起了項鏈。

「我跟你說，後面國民黨來台灣以後，我們這些日本航空兵……」

老人又開始繼續雜念著近代台灣史，陳羽傑未置可否地看著他。窗外的知了還是叫個不停，和老人的雜念形成一種超生時誦經般的協奏曲。

陳羽傑此時產生了一個想法：「不然去台東大武山區找一找吧。」

「阿伯，我要去趕車回高雄了……多謝阿伯啦……」陳羽傑起身對著老人必恭必敬，唯恐觸怒老人。

「啊？你要走了？」

老人愕然看著他，一副「不受教、Mori怎麼會有你這種孫子？」的神情。

「阿伯再見，我先來去了。歹勢啦，以後有機會再來看你。」

陳羽傑笑笑的提起了袋子，看著阿伯不爽和失落的表情，陳羽傑忽然真的希望他就是影片中為天皇效忠的殉道者，而不是一個活在當下的失意老航空兵。很難分辨在這種狀況下，生與死對他來說究竟哪個才是對的？

14

蒸汽火車頭噴出嫋嫋煙霧緩緩駛入一九四四年的新竹驛，絡繹的人潮會使人有錯覺，以為新竹町好像離戰爭還很遠。但實際上每隔幾天就會有前往南洋充兵的家屬在車站月台上嚎啕大哭，淒厲的哭聲伴隨著鞭炮聲、歡送的鼓樂聲變成滑稽的組曲在巷弄之中流竄，然後隨風成為四處可見的「打倒米國，效忠天皇」的標語。

而機場起飛的零式戰機引擎吼聲，再加上鐵喇叭中傳出雄壯威武的〈君之代〉歌曲，都再三提醒著大家現在還是戰爭時期，不要掉以輕心。

「喝、喝、喝」一群綁著白頭巾、裸著上身的年輕人每人背著一袋重物，整齊排列呼喊著、伴著吼聲繞著機場跑步，帶隊的士官也不管現在是氣溫接近三十度的初夏午後，仍然堅持穿著軍服跑步尾隨在後。

一片移動過來的陰影遮住了眾人，這是一架機身漆著紅太陽的零式戰機，戰機載滿油料和炸藥，緩速從一旁滑行而過準備升空。

阿森偷偷轉頭看著機艙內的駕駛員，大型護目鏡下的臉看不清楚是誰準備出航作戰，但是他脖子上圍的那一條代表出征用的長圍巾卻白得令人睜不開眼、令人窒息。所有飛行員都知道，那一條白圍巾是天皇御賜的榮耀，也是真正飛行員的印記。

「看什麼？混蛋！」後面的訓練的士官長一聲怒斥將分心的阿森拉回來，阿森立即目不斜視地繼續往前邊跑邊喊，耳朵傳來飛機引擎加大、油門推進準備升空的怒吼。

「立正。」後面教育士官長一聲怒吼傳來，所有人立即停了下來，連一公分都不敢再邁進。

「向左轉。」眾人依照號令左轉，汗水一下子順著前額流下，模糊了阿森的視線，他隱隱約約在逆光之下看見零式戰機從跑道的另一端向前衝來，阿森吸了一口氣看著迎面而來的零式戰機，光暈之中零式戰機就像天使般翩然起飛。

「好美……」阿森喃喃自語說著。

「敬禮！」士官長又是一聲怒吼，阿森舉起右手放在流滿汗水的額頭上，零式戰機呼嘯地從頭上一飛而過，刮起的風沙以及碎小石礫打得他隱隱作痛。

阿森回頭看著飛向台灣海峽的零式戰機，眼中出現歆羨的眼神，但隨即黯淡了下來，因為大家心裡明白，只要一起飛，無論如何都不可能再降落了。

「再見，請多保重。」

阿森幫著這個不知名的同儕默默祝福著。

15

警備森嚴的基地宿舍外，幾個穿著破爛的小孩趴在鐵絲網前張大了鼻孔，努力吸取著廚房傳來的飯菜香味，其中幾個大膽的小孩伸著細長竹條，設法勾取廚房後面棄置的廚餘。

此時一陣狼狗的叫聲和巡邏士兵的喝叱聲傳來，這群小孩隨即逃之夭夭，一個跑得慢的小孩跌坐在地上哭了起來，大一點的小孩轉身拉著小小孩起身逃命，哭聲伴隨著狗叫聲、日語怒罵聲，讓黃昏的基地更沒一絲人味。

桌上擺著一柄雕刻刀，阿森走到宿舍窗前看著樓下這一切發生的事情，他看著手上的那枚結婚戒指在餘暉之下閃著黯淡的光。

「Mori，你在想什麼？」

阿森回頭望去，自己的好夥伴、飛行員清原站在門邊好奇地看著自己。

「清原。」

阿森對著清原點點頭，順勢把戒指捏在掌心之中。

清原爽朗的作風讓阿森十分欣賞，畢竟清原除了是早稻田大學的畢業生之外，個性又好，這讓懂禮貌又英俊的他在基地非常受歡迎，除了教官之外，連基地的雜工，或是日本老歐吉桑也讚不絕口，說他這種人即使是在日本當地都是不多見的有為青年。

看著他，阿森有時候替清原覺得可惜。早稻田大學念到一半休學去從軍，然後從神奈川海軍航空兵學校畢業，專長魚雷機炸射，原本是海軍航空隊寄予厚望的人才。無奈日本大型航母多半在中途島一戰沉沒海底，要不然他現在應該都升上分隊長，而不是又重新來適應零式戰機，執行「神風任務」了。

「想什麼？」清原開口問。

「沒有。」

阿森搖搖頭把戒指放進口袋，走回去桌前把雕刻刀放進抽屜。

「是想留下些什麼嗎？」清原看著阿森，阿森轉頭，用著沉重的眼神看著清原。

「好歹要讓雪子知道我是因為什麼任務而離開她的。你不會說出去吧？」

「不會。」清原搖搖頭。

「嗯，你剛問我在想什麼，其實我想的就是『原001』這個任務。你清楚嗎？」阿森看著清原。

「我不清楚，我想基地內也沒人清楚那是個什麼樣的任務吧。」清原搖了搖頭。

「連你也不知道，可見這個任務真夠神祕的了。」

「神祕？」清原的口氣有點不以為然。

「不是，你可不要誤會了，清原君。」阿森搖頭趕緊解釋著。

這一批神風飛行員在昨天得到了指示，上級會選派幾個人去另外執行一個代號「原001」的任務，阿森是確定人選的這個消息隨後也意外走漏，有些飛行員對阿森開始另眼相看，阿森可不想讓清原也誤會自己。

「沒事，我知道你的意思。」清原咧嘴笑笑後看著窗外，只見幾隻麻雀嘰喳叫著飛過枝梢。清原回過頭對阿森說：「你很羨慕吧！」

「什麼？」阿森轉頭，有點訝異地看著清原。

「今天鈴木起飛的時候我看到你的表情了，只要是飛行員都會羨慕的，我也是，這沒什麼！」清原淡淡地說，阿森不答腔。

「只是很好笑……」清原自顧自地說。

「怎麼了？」阿森不明白地看著清原。

「我以往在海軍航空兵學校上課的時候，學校除了教我們怎麼樣去找最好的時間、最好的地點丟魚雷、打掉敵方的戰艦之外，就是教我們怎樣從戰場上平安回來，我們教官那時候說的話我到現在都還記得很清楚。」清原對著阿森指指自己的腦袋。

「你們教官說了什麼？」阿森好奇問道。

清原轉頭看著窗外的夕陽。

「教官說，如果航空兵是寶，那麼海軍航空兵就是無價之寶，所以無論如何你們都要想盡辦法飛回來。但是現在，鈴木出去了就再也回不來了。這一點你也想到了，所以你後來的表情一下子就暗下來了，不是嗎？」

清原對著阿森笑了一笑，阿森無言，只能伸手拍了拍清原的肩膀。

此時候面傳來「叩叩」的敲門聲，兩人回頭，一張肥嘟嘟帶著酒糟鼻的臉，五短身材看起來忠厚老實的保安士官中川正好奇地看著兩個人。

「中川。」阿森招呼著他。

中川在基地是以照顧航空兵出名的，他對每一個航空兵都是十分禮遇，甚至是以有點崇拜的心態，來幫助每一個即將赴死的航空兵。所有的航空兵進基地之後都會知道，「有需要，找中川」。

不論是幫忙往家裡寄信，或是多弄一點生活用品，甚至連清酒、香煙這些東西，中川都有辦法弄來。最誇張的傳言是，中川會偷偷帶著從未歷經男女之事的年輕飛行兵，去新竹町的旅館中「體驗一下」，也許這就是中川表現自己熱愛工作的方式吧。

不過中川也很容易因為一點小事刺激而抓狂。從中川的外表來看，他是絕對不會讓人猜測到他就是牽著狗追小孩、帶隊抓私販的保安士官。事實上他對這種驅趕，或是保安事務上的忠誠，以及對航空兵的尊敬，確實贏得各級長官、航空兵的信任，以及基地周遭商家、私販群體裡的響亮罵名。

「還好吧？」中川關心地問著。

「還好。」清原的臉上已經沒有了剛才無奈的神情。

「喝一杯去吧？」中川比了個喝酒的手勢詢問著兩人，阿森和清原兩人對望一眼。

「不要今天吧，改天好嗎？」清原回答著。

「好吧，其實我也不太想喝，只是下午看到鈴木飛出去，總覺得該替他做一點什麼。」

中川脫下帽子，擦著油亮的額頭喃喃自語。

「你這傢伙，想喝酒的理由未免也太多了吧。」

清原嘲諷地回答中川，中川傻笑摸摸酒糟鼻子看著兩人。

「那不打攪了，我先走了。」

中川哈著腰轉身戴上帽子準備離開，阿森喊住了中川。

「中川？有聽到什麼消息嗎？」

「你是說？」中川疑問的看著阿森。

「我們究竟什麼時候要出發？你有聽到什麼嗎？」清原轉過頭也看著中川。

中川為難地看著兩人，他又摸摸自己的酒糟鼻子後探出頭去，只見走廊上空無一人，中川縮回身子放低聲音告訴兩人。

「不太清楚，不過我所知道的是沒這麼快才對，應該還要再等一陣子吧。」

阿森嘆了一口氣，這口氣感覺是有點放心和無奈。

「你鬆了一口氣是嗎？我倒是有點迫不及待地想起飛，我覺得死只要一剎那就好。像現在不斷等待，讓我覺得這種等待比死還要痛苦，你不覺得嗎？」

清原說完後看著阿森笑了一笑。

「是嗎？」阿森接了一句，房間的氣氛一下子冷了不少。

其實中川一直都覺得這兩個航空兵之間講話怪怪的，但是哪裡怪又說不出口。他看過太多航空兵出發前的醜態，甚至之前的那個田中是寧願被關也不願意起飛，那一次真是丟臉。但是現在看到眼前這兩個傢伙這樣的情緒反應，還是讓中川渾身不自在。

「那我先走了，等會見。」

中川看了看清原後意味深長地說了這一句話，他對著兩人行了個標準舉手禮之後，轉身走出宿舍。

16

燈火管制的基地內，阿森站在洗衣房外領回剛洗好的制服，卡其色的制服袖口上隱約有了磨破的痕跡。他心知肚明，隨著日本在戰場上不斷失利，相對的軍用物資就開始日益減少，不然之前拿回的制服都是煥然一新，漿過的氣味清晰可聞，日本人在一些細節上的要求還是相當仔細的。

「你是台灣人，加上你有老婆，原本這個任務是不可能派你去的，但是你的成績和表現讓長官最放心。你要記住，這個任務絕對要保密，知道嗎？」

中隊長嚴肅地看著阿森。

「與其莫名其妙的戰死在南洋，不如去當飛行員好了。」

父親的話在當時贏得了滿堂喝采和加倍的尊敬，阿森則因為這句話遠赴日本進了飛行學校，成為學校中少數的台灣飛行員之一。

阿森原本學的是飛「隼」式戰轟機，但是隨著日本節節敗退，缺乏護衛機，飛行速度不快的戰轟機就成了美軍最好的活動標靶，阿森也因為如此而轉飛零式戰機，成為了戰鬥機飛行員。

此刻，他忽然想起了自己的太太雪子，也想起那一場趕在他前往日本從軍之前辦的婚宴。坦白說，那場婚宴辦得有點像是出殯完之後的除穢酒，每個賓客都面無表情，竊竊私語低聲說話，並且用可憐的眼光看著這一對新人。

「可憐喔……這麼年輕……」這些話如同繞耳不去的蜂鳴聲，在在讓阿森心煩。

他也知道這場婚禮最主要的作用，就是讓單傳幾代的陳家有一個延續香火的可能。

主桌上的父親大人正和一旁的仕紳以及日籍町長彼此客氣寒暄。

「恭喜你！能娶到那麼漂亮的太太，又能為天皇效忠，真是太幸福了。這叫作……雙喜臨門！來來來，恭喜恭喜。」

一個喝醉酒的仕紳用著不三不四的理由舉杯，對著阿森大聲嚷嚷著，父親雖然微微變臉，但還是耐著性子，點著頭舉起了酒杯。阿森用著眼角餘光偷瞄一旁的雪子，但是雪子始終低著頭。

燈火管制的宵禁夜裡，在油燈暈黃的照明之下，雪子的皮膚比繡著鳳凰的絲被還要滑順，她順從著阿森的每個要求。雪子緊閉雙唇，就算在阿森的衝刺之下仍然不願發出聲音。

看著雪子緋紅的臉，阿森忽然起了憐香惜玉的念頭，阿森溫柔的親吻著雪子，雪子的唇從緊閉到開啟接受，兩條溫暖的舌交纏在一起。

阿森伸出舌頭咂咂自己的唇，那種餘溫彷彿還留在舌間。

「真是的，又要面子，又要兒子去死……」

阿森喃喃自語地說著，抬頭看著漆黑一片的天空不禁嘆了口氣。他潛出宿舍，左右張望，後向著後方隱蔽處快步移動。

17

在基地最後方的樹叢中，隔著鐵絲網，阿森隱約看到一個熟悉的人影，他又四處觀望了一下後，起身快步向前。鐵絲網外的人看到阿森後也是小心地揮揮手，兩人走近隔著鐵絲網小聲交談。

「還好吧？」

阿森問著面前這個短小精悍的男子陳嘉世。

「有消息了嗎？」嘉世問著阿森。

「還沒有。」阿森微微嘆了一口氣。

「喔……」嘉世惋惜地看著阿森，兩人又都沉默下來。

「那這一次的交涉有結果了嗎？」阿森試圖以不傷害嘉世的口吻問著。

「還是不行，他們不接受我的請求……連回去基地幫忙都不接受，要我回家，叫我在鄉裡好好幫忙募兵……」嘉世搖搖頭後看著自己的左腿。

阿森循著他的眼光看去，雖然這個景象他已經看過千百遍了。他當然知道嘉世的左腳褲管下是空蕩無物，這是在飛行訓練時留下來的「戰績」。
嘉世在一次飛行訓練中由於機件故障只得迫降，後面的帶飛教官不幸殉職，他也因此少了一條腿被迫退伍。時到今日，嘉世還是不死心，想重回航空兵的隊伍中，但是一次次的申請都被打回票，這次也不例外，看得出來嘉世很挫折。
「真是有夠不公平。」
嘉世喃喃自語地說著，夜晚的涼風吹得竹林簌簌作響，阿森縮了一下脖子。
「算了吧，何必再說這些呢。」阿森安慰地勸了一下嘉世。
「算了，有什麼要我帶回去給雪子的嗎？」嘉世看著阿森問道。
「就這個吧。」
阿森將包著戒指與項鏈的紙袋交給嘉世，嘉世接過小紙袋後看了看阿森。
「我這也算替我們航空兵做了件好事吧。」嘉世話中帶著一絲嘲謔的意味。
「別這麼說，要說就說這是每個人的命。不管未來如何，我會永遠感激你的。」
阿森的聲音變得有點低啞，混雜著少許不悅。嘉世愣了一下，他沒想到阿森的反應會這麼直接。
要不是飛機出意外，我們今天的立場應該是相同的，而不是你在這邊跟我說這些有的沒的，嘉世心想，他覺得有點不舒服。

「對啊對啊，這就是命。我會將東西交給雪子的，你放心。我走了。」嘉世自嘲地說完，將小包放進自己的口袋裡轉身想要離開。

「嘉世。」阿森突然喊他。

嘉世轉回頭看著阿森，鐵絲網後的阿森把手從空隙之中伸出，嘉世看著阿森，遲疑地也伸出手去。

「謝謝你，請保重！」

阿森誠懇地說著，嘉世感覺到阿森手掌中傳來的感激，剛才的不愉快念頭已然被拋到腦後，畢竟這是一個將死之人的誠懇謝意。

「你也是。」

嘉世點頭，兩人的手又用力握了一下，嘉世轉身撐著拐杖一拐一拐地走進黑夜中。阿森感慨的看著嘉世消失在眼前，他回頭看著基地，月光下巨大黝黑的機堡像是準備吞沒他一般。

18

阿森小心地繞過洗衣房後的小徑，每走幾步，就停下腳來觀察著四周動靜，確認沒有人會發現自己時，他才又慢慢移動步伐向著宿舍走去。

他突然聽到一種悶哼的聲音似乎來自身旁的軍官浴室，阿森停了下來側耳聽著，一種曖昧的悶哼聲音隱隱約約傳出來。在好奇心的驅使之下，阿森把耳朵湊在浴室壁板上仔細聽著。沒錯，這個聲音是來自於浴室裡面，但這個時間內浴室不應該有人才對。阿森轉身看了一下周遭，悄聲貓跳到一旁的洗手台上，側過身透過浴室上方的氣孔往內窺探，在月光微微照射之下，浴室內有兩個赤膊的肉體正在動作著，而小小悶哼聲就是來自於此。

「不管我們最後會怎麼樣，下輩子你還要記住我……」清原的細微聲音傳出。

「怎麼會？」這一刻，阿森的心臟怦怦跳著，懷疑和憤怒讓阿森握緊了拳頭。

「啊……」另一個聲音傳出。

「是小川！」

阿森一方面吃驚於自己的這個發現，另一方面感覺自己受到背叛。

「該死，怎麼會這樣？」他不敢相信地問著自己。

彷彿過了良久，他放鬆了自己原本緊握的拳頭，阿森忽然感覺到一陣反胃，他悄聲跳下洗手台，無聲地向著宿舍走去。

阿森走進房間脫掉外套，直到此時，他才鬆了一口氣，但是剛才浴室中的那一幕對他來講還是個打擊。阿森和衣躺了下來，眼睛還是望著天花板發呆，回想著他剛才所見到的一切。

「怎麼會……怎麼會這樣？」

阿森心想如果不是親眼目睹，應該沒有人會相信剛才浴室中發生的一切會是事實。

「算了，今天真不是個好日子。」阿森嘆了口氣，一下子覺得好疲憊，拉起棉被翻過身。

就在他朦朧入睡之際，身上的棉被忽然被扯掉。阿森睜開眼，進入眼簾的是一道道手電筒的強烈刺眼光線，他想坐起身，卻被幾個人拖下壓在地上動彈不得。

「你剛才去哪裡？」

一個冷酷的聲音傳來，阿森原本有的一絲睡意也隨著問話而馬上煙消雲散。阿森僵硬地略抬起頭看著眼前，基地指揮官菊次大校正嚴厲地看著自己。

「什麼？」阿森不明所以地回應。

「啪！」一巴掌就直接用力摑在阿森臉上，熱呼呼的刺痛讓他警覺到事情的嚴重性。
「你剛才去哪裡？」菊次大校收起手再次問道。
「廁所。」阿森不敢擅動，小聲地回答。
「哼！那你有看見什麼嗎？」菊次大校進一步逼問。
「什麼？」這一次阿森就真的搞不清楚菊次大校在問什麼。
「哼！」
大校冷笑看著阿森將頭一比，阿森順著大校的眼光看過去，只見清原和小川全身赤裸，看似昏迷不醒地被五花大綁放在腳邊。阿森臉色大變。他目睹兩人在浴室時就已經想到，如果他們被發現的後果，只是沒想到會這麼快就被揭穿。
「說！你看見什麼？」
阿森吞了口口水看著被綁在地上動彈不得的兩人。他很清楚，如果據實以告的話，這兩個人可能馬上就沒命。
阿森看著菊次大校，「我什麼都沒看到。」
菊次大校緊盯著阿森不說話，四周空氣彷彿在瞬間凝結。眾人屏息等待著大校的下一步行動，只見大校不說話將帽子拿下，順了順自己短短的頭髮，地下的小川突然在此時掙扎了一下，大校瞄了一眼，伸出腳去踢了踢小川結實的臀部。

「阿森，誰不怕死？我只能說，他們真的太年輕了，年輕到還沒有享受就必須為國赴死，但是為國犧牲是一件光榮的事情。他們也不像你是已經有家有室的人，但是就算沒家沒室，也不能在我的基地內搞這種事情，你明白我說的嗎？」

菊次大校嚴厲的目光緊盯著阿森。

看著地上的兩人，阿森在大校一開始講話時就已經下定決心，哪怕被關也不能透露看到的一切，不然清原和小川就算不死，也很難繼續在航空兵部隊、在這個社會上立足。

阿森口氣轉為堅定地回答菊次大校：「報告大校，對不起，我不明白你在說什麼，我真的什麼也沒看到。」

大校搖搖頭看著阿森。

「森，你是聰明人，可惜你的聰明用錯地方了，唉。」

被壓制住的阿森抬頭看著大校，大校手上那離鞘的佩刀跟自己的頭部之間僅僅只有一尺之遙，寒白刺眼的刀光讓阿森吞了口唾沫。

「森，你知道為什麼你會被選入執行『原００１』這個任務嗎？」

「報告大校，我不知道。」

阿森沒想到這時會聽到這一句話，愕然地看著大校，大校用鄙視的眼神看著地上的他。

「因為上面要求這個任務的飛行員除了要有優秀的技術之外……」大校微微彎腰，冷笑地看著阿森，「最好是找一些出身不是或是不值得被稱為是『日本人』的低劣分子。阿森，你是台灣人，又是第一個敢對我睜眼說瞎話的傢伙，你兩者兼具。好了，把他們帶走吧。」大校挺直腰之後發出命令。

「你……嗚……」

菊次大校使個眼色，幾個人將阿森嘴巴內塞入布條，並用黑布套套上他的頭部，動手將阿森全身剝光，隨後將阿森抬到和清原、小川擺在一起。

「走吧，別耽誤時間了。」

「是。」

大校冷眼看著士兵將幾個人抬出去，放到一旁等候的十輪軍用大卡車之中。

「好了，走吧。」士兵對著駕駛大喊著。

在吆喝之下軍車發動，營區大門在衛兵哨聲中被推開，軍車在其他車輛的護衛之下離開基地大門。

「再見了，各位。永遠的再見了。」

菊次大校心想著，而他硬生生忍住原本想要舉起敬禮的手，因為舉手禮只能用在值得尊敬的人身上，而這幾個傢伙是不值得尊敬的。在眾人注視之下軍車已遠遠駛入黑暗之中。

19

戴著頭套、手腳被綁住的阿森只覺得軍車不斷在山路上迂迴前進，也不知過了多久，鼻端忽然傳來了一股尿臊味。

「哈哈，這個傢伙尿出來了。」一旁看守的士兵嘲笑著。

「混蛋，尿得到處都是。」班長一邊怒罵著一邊拿起槍托敲著躺在車板上的三人。

不管阿森如何掙扎閃躲都無濟於事，尿液還是弄得他滿身濕。

「把他們丟在這台車上，我們換一台車。臭死了，混蛋！」

警衛班長吆喝著停車，軍用卡車稍作休息之後又重新上路。

卡車在山路上蜿蜒前進，阿森只覺得越來越冷，身無寸縷的他冷到整個汗毛直立，身體一陣收縮之後，自己也不爭氣地尿了出來。潮濕的溫暖讓自己有了短暫的放鬆，但是隨之而來的冷意還是讓他不斷發抖。

不知開了多久，車輛緩緩停下。停車的晃動也讓昏睡中的阿森迷迷糊糊地醒來。

「到哪裡了？」

光線射進車廂內，阿森身上刺骨的寒意也減淡了一點，連串的腳步聲由外傳來。

「別動，東西拿過來。」

隨著車廂一陣晃動，幾個人跳上車壓制住了阿森，緊接著把他的頭套揭開了寸許，射進的陽光讓阿森睜不開眼。

「你們要幹什麼？你……」阿森話還沒說完，一根橡膠管猛然塞入了他的嘴巴內，緊接著一股帶著橡膠味的涼水灌了進來。

「咳咳咳……」阿森甩頭吐出了水管狂咳著，幾個人不說話按住了他的頭，把橡膠管重新插入，再次的把水灌進阿森的嘴裡，阿森掙扎逃避著。

「夠了，別弄死或是弄傷了。」

隨著一聲令下，插在嘴內的管子被拔出，阿森嘴角汩汩流出水來，幾個人又給阿森戴上了頭套。點火的聲音、香煙的味道，與幾個人說話的聲音從車外傳入。

「估計最快還要開一天呢，我們要盡快趕路。累了就換人開，明白了嗎？」

「知道了。」

「轟」的一聲，車輛再次啟動，這一路從白天到晚上，又從晚上到了白天。

「吱——」長長的煞車聲音傳來，軍車總算停了下來。

「把他們弄下來。」

一聲吆喝後，三人被抬下車。

又餓又渴的阿森聞到了一股叢林中獨有的潮濕氣味，也聽到了遠處傳來河流沖刷的水聲，而更加冷冽的空氣讓他全身又不自主地打了個寒顫。

「混蛋，怎麼那麼臭啊！」

阿森聽到一個高分貝的怒罵聲音。

「這幾個傢伙在車上尿了出來，所以才會這麼臭……」班長小聲地解釋著。

「先抬去河邊沖一沖。臭死了，這樣怎麼把人交出去？」

一個命令之後眾人七手八腳地抬起三人往下走去，小徑一旁的芒草刮得幾個人全身絲絲血痕，阿森雖然極力掙扎但依舊毫無作用。過了一會兒眾人總算來到了河邊。

「就這邊吧？」

帶頭的士兵問了一下，班長聳聳肩表示沒意見，眾人將幾個人往河中丟去。

瞬間的水壓讓阿森一下吸不到空氣，阿森瘋狂地在水中上下擺動掙扎著，過了一會兒幾雙手將阿森再從水中拉出，阿森躺在地上只能大口吸氣，濕漉漉的頭套隨著他的呼吸上下鼓動著。

「差不多了，走吧。」

班長吆喝著眾人重新將這幾人放進擔架中抬起，在幾個持槍衛兵的護衛之下，眾人沿著河岸彎曲小路穿過灌木叢，向著樹林深處前進。

「站住！」

幾個手持衝鋒槍、全身偽裝的日軍從隱蔽處躍出，用槍指著眾人。

「新竹航空兵。」一直默不出聲的中川趕緊說明來歷。

「中川也在？」阿森心頭一愣，蒙著黑布的頭也不自覺的朝向著發聲的位置。

「證明？」士兵吆喝著。

「在這裡。」中川拿出收押條和自己的部隊番號證明交給了為首的班長，擔任警戒的士兵也將槍放低不再瞄準眾人，但是眼光好奇地看著躺在擔架上的幾個裸體男人。

「好了，跟我們走吧。」

在午後的樹蔭之下，一群人悄聲抬著三人行走，穿過幾個曲折之後，來到一處經過偽裝的山洞門口，帶頭的班長打開大門看著中川等人。

「你們直接進去吧，大校在裡面。」

中川看著一路往下，好像深不可測的石階通道，皺著眉頭揮揮手要後面的士兵先進去，自己隨後也跟了上去。門外的士兵看著眾人走入後也魚貫跟進。

「門口拿東西擋一下，要留一點縫，這個門不好往外推。」警衛班長回頭告訴了班兵。

「不是要完全密閉嗎？」士兵小心的詢問著班長。

「剛才因為開不了門被罵得還不夠嗎？還想因為同一件事再被中島大校罵嗎？」班長訓斥著班兵。

「是，知道了。」

班兵從腰間拔出刺刀放在門檻下微微卡住後隨之將大門推起，偽裝的大門「碰」一聲緩緩閉上，叢林又回復到原始的寂靜。

20

沿著石階而下，穿過幽深的地道，再推開一道厚實大門後，中川看著山洞內的設施，深深吸了一口氣。白花花的水銀燈、嗡嗡作響的發電機，還有著一大堆他所不知道的木箱和機械器材，中川覺得這山洞裡面透露著一股詭異感。

「搞什麼？」

這一路上中川的心裡雖然一直懷疑著，但是他很清楚這次出任務的目的，簡單來說就是要將這幾個長官口中的「頑劣分子」交給這個不知名的單位，拿到收押條之後，再返回新竹航空兵基地，這樣他就有幾天的假可以回家休息一下。

一群人從洞內深處走出，中川拉拉衣服謹慎地看著眼前的這群人。

「新竹航空兵基地保安士官中川報告。」

中川清清喉嚨對著一位身材粗壯、頭髮花白、身穿大校軍服的軍官行舉手禮報告著。

「嗯，人帶來了嗎？」中島大校簡單回禮後問著中川。

「是的，都在後面。」中川指了指後面擔架。

「帶過來。」中島根本連正眼都不看，逕自轉頭往後喊著：「你們幾個把儀器都推過來，快一點！」

中川點頭示意要班兵將幾個人帶上來，立刻有一群穿戴醫學防護衣的醫護兵推著一堆儀器進入，接手的士兵將阿森及清原等人從擔架抬起後綁到病床上，中川站在一旁不明所以地看著這一切。

「你可以走了。」中島大校拿著蓋好章的收押條看著中川，中川略微遲疑地接過收押條。

中島看一看中川，又轉頭看了一下已經被綁在病床上的航空兵，「還是你想留下來看一下？想看的話就站到一旁去，不要妨礙我們工作。」

中島不待中川回話，冷笑一聲後，接過一旁醫護兵遞過來的醫師袍，披上後便向裡面走去，中川退了一步站到門邊注視著接下來的發展。

原本罩在阿森頭上的黑布套一下子被掀開，幾個醫護兵熟練地替他們綁上口布，強光照射之下，阿森用力吸著氣，他邊吸氣邊略微抬起頭，瞇著眼睛張望四周。

「搞什麼？」

阿森看到在他身旁的幾張病床上除了清原和小川外，另外還躺著山下、崎尾。這幾個人也都是被綁著動彈不得，而基地的中川下士則是遠遠站在一旁抿緊了嘴不發一語。

「渾帳……這是哪裡？」

阿森轉著頭繼續觀察，發現自己是在一個山洞之中，白色水銀燈照得他相當不舒服，而消毒水刺鼻的味道更是令人作嘔。

「現在是在醫院嗎？」

阿森猜測著，此時幾雙軍靴發出的腳步聲從山洞深處走來，阿森勉力抬起頭往前看去，只見一個大校帶著幾個西方軍人走近他們身邊。

西方軍人對著跟隨的士兵講了幾句話，阿森聽不懂，似乎是要他們拿什麼東西進來，因為隨後就看到士兵抬出一些金屬甲冑放在一個平台之上，而他們身上的灰卡呢絨大衣、大盤帽和臂上的「卐」字臂章，表明出他們的德意志帝國軍人的身分。

「就是這些人嗎？」一個高鼻金髮的西方人上前仔細的看著這些被綁在病床上的航空兵。

「是的。」中島大校透過傳譯解釋後點點頭。

「這些飛行員的體格不錯啊，應該是你們百中選一的人選吧。」德軍軍官嘲謔地問。

中島大校不等翻譯傳話，對著幾個人說「現在可以進行了嗎？」並且比了個動作。

德軍軍官看著中島也比了個「請」的手勢。

「把東西拿出來。」中島語氣冷靜地吩咐。

「是。」一旁的醫護兵拿出幾瓶針劑，用注射筒抽出後一支支整齊擺放在鐵盤上，冰冷的玻璃注射筒反射出藍冷的光芒，阿森驚懼地看著這一切，他猜想將有不可預測的危險就要在自己和幾個同僚身上發生。

「將他們口中的布條取下。」

中島繼續下令，一個醫護兵上前將阿森等人口中的布條拿掉，阿森喘著氣活動著自己痠痛的下顎。

最後一劑的針劑擺入了鐵盤，此時針劑在注射筒之內變成了詭異的赭紅色。

「報告，準備好了。」

醫護兵對著中島大校喊著。

中島大校伸手邀請德國軍官走上觀禮位置就座後，向著德國軍官點點頭轉身走向眾人，阿森看得出中島大校此時的步伐充滿了驕傲與興奮。

他在床邊踱著步，看著被綁在床上的這幾個人，終於停下來緩緩開口。

「我是中島大校，歡迎你們正式加入『原００１』極機密計畫。」

阿森心頭一震。

大校停了一下環顧著眾人。

「『原001』這個計畫在軍部中是絕對機密，全日本帝國中能參與這項計畫的人絕對不會超過十個，你們能參與是你們的光榮。現在起，你們這幾個隊員歸我負責。我知道你們本來都是要執行最後一擊的航空兵，但是從今天起，你們將不必再駕駛零式戰機執行『玉碎任務』。」

阿森詫異地轉頭看著其他同僚，每個人的眼中也都充滿了疑惑。

「神風特攻隊在菲律賓首戰取得光榮成績之後，接下來的任務都不是那麼理想，我們一直沒有辦法給美國航空母艦致命性的一擊。在敵人的進逼之下，現在連東京都十分危險了。」大校看著眾人停頓了一下。

一旁的傳譯不斷將中島大校的話低聲翻譯給德國軍官們，整個山洞中除了發電機的持續聲響外，就是這低聲的口語在其中回響著。

「但是現在，我們的盟友，在帝國科學家的努力之下，已經研發出了最新武器，就是這幾件甲冑。」

中島大校除了用手指著桌上的甲冑外，也和觀禮台上的德國軍官點頭，德國軍官們也坐直身子，微微點頭接受中島大校的致意。

「這邊三件甲冑中，有一件是鈾235，有一件是鈽239，另外一件是高性能炸藥，你們知道這三者結合後會變成什麼嗎？」

中島大校賣著關子，遠處的德國軍官輕咳了一聲。

「告訴你們，這三者結合之後就是原子彈，這就是『原001』極機密計畫。」

中島大校指著甲冑解釋，而眾人則以狐疑的神情互相望著。

「原本原子彈計畫是要針對蘇俄地區使用，但是因為研發成功的時間晚了一步，而這種東西又沒有辦法在歐洲戰場上使用，因為原子彈的殺傷力實在太大了。你們知道嗎？這樣的一顆原子彈就可以消滅太平洋中一整個美國航母艦隊，這就是原子彈的厲害之處。」

中島大校語氣激昂滔滔不絕。

「中島大校，請問要我們在這計畫裡做什麼？」阿森開口問道，四周一片沉默地看著中島。

中島大校冷笑一聲，將原本握緊的右手攤開舉高，將手中之物展示給眾人，手掌心裡是一隻已經死掉的昆蟲。

「殺人蜂！」中島大校冷笑一聲轉過身指揮著士兵，「準備開始。」

此時阿森看到大校的佩刀上刻著「七三一」的部隊番號，阿森驚訝地大喊：「你們是七三一部隊。」

這聲大喊讓大校停下動作，他冷冷地回過頭來看著阿森，「是的，我們就是七三一部隊。」

「你們想要幹什麼？」阿森望著以驕傲眼神盯著他的中島大校。

中島停了一下看著山洞上方的天皇玉照，隨後轉回看著床上的五個人。

「你們就要替天皇效力，日本能不能打敗米國，就要看你們了。」

「說清楚，你們究竟要幹什麼？」清原此時大聲問著並且想要掙脫。

「混蛋，幹什麼！」幾個醫護兵使勁壓住了清原。

阿森看著清原又看著中島，清原的疑問也正是阿森想要知道的。

中島不講話，只是伸手將鐵盤中的注射針筒拿起在眼前舉直，他手上微微使勁，只見一滴兩滴的紅色液體從針頭流出慢慢沿著針管往下滴到地上，中島低頭看著地上已經暈開的紅色滴液，他的眼光中充滿驕傲。

「告訴你們，這個成品得來不易。我們在滿洲國不知道對多少支那人進行人體實驗才換來這個結晶。這個東西是從漢方藥材『冬蟲夏草』得來的靈感，它的效果……你們等一下就會知道了。先把他們嘴巴堵起來，不然咬到舌頭就麻煩了。」

「不要……」話還沒講完，醫護兵俐落地把布條重新塞回阿森等人口中。

中島看著一切就緒後，對著醫護兵撇頭示意，一個醫護兵將針筒舉起，另外有一個醫護兵用橡皮帶將阿森手臂紮緊，其他幾個人分別在手臂和大腿處綁上高壓電源的護帶，一切行動都極為熟練有序。

「動手吧。」中島一聲令下，醫護兵將手上的針劑完全注入了阿森血管之中。

「嗯……」阿森一個顫抖，只覺得眼前一片絢爛，五彩繽紛的色相不斷出現。

21

約翰．史特勞斯的圓舞曲在室內流動著，阿森輕摟著雪子的腰，兩人聽著音樂輕緩地移著步。雪子已經沒有初嫁時羞澀的感覺，反而是幸福地隨著阿森在陽光斜射進入的客廳之中輕柔地移動著。

「好熱……」討厭陽光的雪子小聲抗議。

「嗯……」阿森悄步的帶領著雪子轉身到客廳的另一邊，兩人在黑暗之中漫舞，隨著音樂，他感覺雪子的身體也慢慢熱了起來。阿森想起，當時客廳窗戶上的反光就如同現在眼前的光束一般灼熱。

22

此時其他四個航空兵被注射後，四肢都不斷地抖動抽搐著，中島摸著臉滿意地看著整個過程。

「我的天啊……」

一旁的德國軍官睜大眼睛驚訝地看著這一切，門邊的中川一臉不解與不忍的神情。

「你們被打入的是『毒蜂菌』，這是七三一部隊多年人體實驗後終於萃取調配出來的配方，可以讓人體發展出數種殺人蜂的能力。注射後你們會開始蛻化成為人蜂蛹，接著透過高壓電流不斷刺激，經過十二小時的蟄伏期之後，你們就會成為史無前例的毒蜂人特攻隊。」

中島得意洋洋，低下頭來看著瀕臨蛻變的阿森。

「體溫已經降到二十五度！」

醫護兵看著指針錶向中島報告。

「是嘛，很完美啊。準備電源開啟。」

中島看看懷錶對著控制人員下令。

通上電源之後，阿森的皮膚開始角質化，原本光滑的皮膚慢慢出現昆蟲類獨有的細微鱗片。在一陣劇烈抖動後停止動作，只見他躺在床上睜大著眼睛，嘴巴一張一合，一些細絲開始從阿森嘴上布條的縫隙之中流出。

「把他們口中的布拿掉，他們開始吐絲了。快！」中島對著醫護人員下令，幾個人迅速將五個航空兵口中的布條扯掉。只見白色的細絲沿著頸部往下蔓延，阿森開始吐絲結繭。

「殺人蜂是優雅的，而且殺人蜂會完全聽從蜂后的指示，所以你們現在得到的指令就是002和003會穿上原子甲冑，001擔任引爆手。當你們往南中國海找到美國航空母艦的時候，002和003你們先衝入航空母艦，之後001會一起跟著衝進去，並且引爆自己身上的高性能炸藥，達到核分裂需要的能量，完成消滅航空母艦的使命。004和005會擔任你們的護衛手。」

中島大校望著瀕臨蛻變的阿森等人，一一指派他們任務。

「如果這項計畫成功了，我們就會製造更多的毒蜂人反攻米國。請你們放心吧，靖國神社已經有你們的名字了，為天皇犧牲是軍人、也是男人真正的榮耀。」中島堅決的聲音充滿著感情與榮耀。

「啊……」阿森的聲音已經不能稱為人聲了，而是變成一種類似昆蟲複合的單鳴聲音，隨著細絲不斷吐出，在外觀上這幾個人都已經被白色的薄膜覆蓋，開始慢慢化為蟲蛹，中島大校滿意地點點頭。

「真是完美啊！」中島大校發出讚嘆。

「這實在太驚人了。」德國軍官小心翼翼地走近看著床上的這幾個「人蜂蛹」，也對這實驗露出驚訝與敬佩的表情，中島大校不自覺的露出得意自滿的笑容。

「這邊還有幾瓶，這幾瓶藥物是？」一個德國軍官好奇的指著桌上幾瓶未開封、填充了藥劑的安瓶。

「這幾瓶是另一種昆蟲的實驗用藥，不過這還沒有百分百的完成，但如果有哪一個航空兵對現在的藥物有不良反應的話，那麼我們就會停止原本的實驗，改用其他藥物來進行測試。」

「如果還是不行呢？」

「還是不行？這點我倒是沒想過。」中島大校笑笑地聳聳肩，右手一揮比了個自信的手勢。

「這些航空兵不都是你們最優秀的人才嗎？你們這樣做值得嗎？」一個德軍軍官提出

疑問。

「不對！這些其實都是我們皇軍中比較低劣的飛行員，我們不會拿自己最優秀的航空兵來開玩笑。是吧，中川士官？」中島回答後轉頭以嘲謔的神態看著中川。

中川不回答，右手微微緊握。

「蛻變的成功率有多少？」另一個德軍軍官提出問題。

「這個嘛……大家過來一下，我替大家說明。」

中島邀大家往前走到實驗台說明，中川趁著德國人和中島講話的機會往前走到實驗台旁，他看著已經儼然成為蟲蛹的清原，蛹中的清原略有意識、氣若遊絲地張著嘴看著中川。

「救救我……中川……」中川看著蛹中清原變形的臉，不禁憤怒地握起拳頭。

「我知道了。」中川低語。

中川站直身走向一旁站崗的士兵，忽然搶過士兵的衝鋒槍，拉開槍機對著眾人就是一陣掃射。

中川一邊開槍一邊狂吼：「混蛋！你們把我們航空兵當成什麼了？你們都去死吧！」

山洞之中槍聲劇烈回響，眾人走避不及紛紛中槍倒地，幾個站在門口的士兵趁著混亂往樓梯上逃走。

「不要跑。」中川大喊著拿著衝鋒槍往外追去。

洞穴內一片狼藉，而原本裝著放射性同位素的容器也已經破裂，只見缺口不斷冒出氣體，而輻射紅色警示燈也因此一直閃爍鳴叫著。

「砰砰砰」幾聲槍響從外面樓梯傳了進來。

「真是混蛋！」中川端著衝鋒槍走了進來，口中念念有詞說著。

中川平息了一下，看著這一切皺起了眉頭。

「你們不該這樣對待航空兵的……」中川喃喃自語地說著，在講這句話的同時，他已經開始後悔自己一時的衝動。這樣一搞，自己必死無疑。

不過先不管這些了，中川放下槍快步走到清原身邊，看著包覆在繭蛹中的清原不知如何是好。

「清原……你還好吧？」中川口氣溫柔地喊著清原，清原掙扎著轉頭看向中川。

23

規律的軍歌在宿舍外的遠方傳過來，除此之外宿舍內就只感覺到彼此沉默對立的氣氛。

中川眼光閃爍地看著清原。

「真的不再考慮一下嗎？」中川口氣期待地問著清原。

「對不起……我沒有辦法……也不可能。」清原看著中川緩緩回覆。

「喔……」中川聲音聽起來是微微失望。

「我相信你不會對大家提起我和小川的事情，這對你和我都不會是好事。」清原看著中川。

「你……」中川想說什麼但是又說不出口。

「起飛之後就不會再有這些問題，這段期間就請讓大家好過一點吧……謝謝。」

清原頭也不回地離開中川的臥室，中川站在黑暗之中仔細咀嚼著清原的這一番話。

24

「先不要碰我……先去關掉電源……」清原囁嚅著舉起手，指著洞穴深處的方向。

中川轉頭，只見發電機依然平穩運作著。

「知道了，請等我一下。」

中川把槍甩掉，往高壓電閘的方向走過去，當中川走過中島大校，中島大校的佩刀動了一下。

中川走到發電機旁準備拉下電閘，忽然「碰」一聲槍響回盪在山洞之中。

「中川……」清原無力顫抖地喊了一聲。

中川倒了下去，而中島手中的槍還冒著煙。

「混蛋……氣死我了。」中島大校用手撐起身體環顧四周，只看見所有的人都已死去，幾個蟲蛹已然成形並透露著亮光，隨著蟲體本身呼吸而起伏著。

大校勉力地掀開衣服，只見到他腹部上方的彈孔正汩汩地流著血。

「胃部中彈就只剩下十五分鐘好活……」

他的臉因為疼痛而流下粒大的汗珠，中島掙扎著起身，蹣跚走到通訊台前伸手按下參謀本部的聯絡鈕，但卻沒有反應，大校愣了一下，隨即怒吼一聲：「混蛋！」

中島發現無線電不知為何運作不了，推測可能是蟲蛹耗電太多，導致電力不足而無法順利運作。現在這個時刻他也不敢隨意中斷蟲蛹的電流，只能憤怒地拿著話筒用力敲打著無線電，「乒乒乓乓」的敲擊聲在山洞四處回響。

中島很清楚，當參謀本部看到輻射值警示燈亮起時，就代表著輻射已然外洩，這裡就會按照規定被完全放棄。「原００１」計畫就會變成是一個不再存在的事實，而他未來計畫升遷為准將或是更上一層樓的美夢，也就會隨之破滅。

「混蛋！混蛋！混蛋！沒辦法了嗎？」

大校停下動作喃喃自語著，他倏然的轉過頭看著桌上那幾瓶尚未開封的注射液，猶豫的眼光在他眼中來回不定。

「螳螂……」他緊咬的唇中迸出了這個混濁的單詞。

25

暗灰色的土地上偶爾有陣風刮過，只見一片沙塵彌漫，陽光看起來明亮但帶著讓人微微刺骨的寒意。一棵毫無生趣的白楊樹孤伶伶立在戰俘集中營外，四周一片荒涼肅殺，這就是東北民眾聞之色變的七三一部隊實驗營。

「這個男子已經進行過炭疽熱第二次的實驗，十七歲，體格健壯。」一名士兵手拿資料對著少將報告。

「嗯……」少將未置可否的點點頭，繼續翻閱著手上的資料。在牆邊有一個雙手被反綁的少年不斷抽搐抖動著，他臉上的五官微微滲著血，身上也出現特有的炭疽熱疤痕。

「這個物件是從哪裡抓來的？」少將放下資料看著一旁的中島大校。

「當地人。」中島大校不想廢話。

「喔……」少將轉頭看著眼前的實驗品。

「這是戰敗國必然的代價。」中島大校略帶輕蔑的看著少將。

「我倒寧願你在這次實驗中可以獲得重大勝利。」少將意味深長地回了那麼一句。

「等著瞧吧。」中島大校忍住自己的脾氣對著旁邊大吼，彷彿要將不滿一次宣泄。

中島大校站在實驗室內下令：「實驗開始。」

「砰」一聲，全副防範裝備的憲兵遠遠地對著少年開了一槍，只見鮮血從傷口汩汩流出。憲兵走上前將少年拖進實驗室，少年流出的鮮血在地上形成了一長條血痕。醫護兵接手後，將瀕死的少年綁在實驗床上熟練的進行實驗工作，注射實驗劑，接上電源，只見少年依照當初設定的流程慢慢變成了一個蟲蛹。

「中島大校，我在鄉下長大，我告訴你，蜂類是不會吐絲結蛹的，所以你們研究的這東西究竟是什麼玩意兒？」

少將帶著疑惑與不滿的聲音突然從後面冒出來。

大校回頭看著少將，少將一臉嚴肅，顯然他必須從大校口中得到一個答案。

「你聽過寄生蜂嗎？」

大校略帶怒意地看著少將，少將的臉沉了下來。

「寄生蜂？眼前這個蟲蛹跟寄生蜂有什麼關係？」口氣中聽得出少將還是很不以為然。

「我們培養的這種菌類結合毒蜂與寄生蜂的雙重特性，當菌類進入之後會對宿主內在進行攻擊，進而會讓宿主的身上產生『蛹化』反應，這樣的做法一來可保持菌類的活性，二來讓宿主在變態過程中能在體外形成保護層，好確保變態過程不受影響。這樣的回答您滿意嗎？」

「哼，報告上提到，你們每一次都是在這階段失敗的，不是嗎？你確定這樣的融合能夠成功嗎，大校？」少將不屑地看著中島大校。

「這一次絕對會成功！」中島大校咬牙切齒地回應了一句，又點起了一根香煙。

時間一分一秒前進著，十二個小時過去了，站在實驗室裡的中島彷彿雕像一樣，只是站著專注地觀察蟲蛹的變化。他一根煙接著一根煙，畢竟這是無數失敗後的再次實驗，加上軍部派出的少將虎視眈眈地在後頭督導著，中島不安焦躁的情緒影響著實驗室中所有的官兵。

「啪」一聲，蟲蛹微微裂開，眾人屏住氣觀察著眼前的發展：只見一隻長滿細毛觸角的人類手臂從裂縫中伸出四處摸索著，努力想要掙脫蟲蛹。中島伸手將口中的香煙拿下。

「慢慢的……慢慢來……」中島注視蟲蛹低語說道。

一個帶滿黏液的蜜蜂頭慢慢伸出蟲蛹，但是頭部下方接的卻是一個人體的上半身，只見兩隻手伸出蟲蛹掙脫軀殼，背後一對複翅也緩緩張開擺動。

中島手上的煙已經燒盡，但是他絲毫不覺得疼痛。中島看著眼前的「蟲人」從蛹中嘗試著爬出脫離蛹殼。

「太好了……蟲人。」此時他滿臉脹紅，興奮到有點想哭。

「真的成功了！」少將起身不敢置信地說。

中島大校不發一語地注視眼前的情景，實驗室中原本瀕臨死亡的支那人已經完全蛻變成為一隻蜂……不，正確來說，這應該是一隻半人半蜂的混合體。

「好。」中島大校一下拔出佩刀，越過少將走進實驗室內。

「你要幹什麼?中島大校。」少將懷疑地喊著大校。

「謝謝你！」中島走到半蜂人背後對著半蜂人大喊。

中島瞄準半蜂人頭部一刀就砍過去。

半蜂人還來不及回頭，只見刀光閃過，一個蜜蜂的頭部隨即落在地上，從頸部噴出的是血和乳白漿液的混合物。

中島大校陰笑滿意地收起佩刀，他冷酷地看著蜜蜂頭上複眼的光芒逐漸消退，而一旁的蟲體仍不斷抽動著。

「謝謝你！」中島大校表情冷酷地再說了一次，回頭看著實驗室內的少將冷笑一聲。

26

大校吞了口口水，胃部的絞痛越來越厲害，他下定決心，走到實驗桌前拿起針筒，拆掉實驗藥劑安瓶上的封口，從瓶中抽出赭紅色的液體。

「來吧！」

中島低吼一聲，咬緊牙關將針頭插入自己的手臂中將針筒中，的液體全部注入自己的體內，中島覺得一陣暈眩，丟掉針筒同時，他不慎將桌上的實驗器材全部打翻，刺鼻的化學味道充斥在洞穴裡。

「快一點，來不及了。」中島掙扎地躺在床上，將自己的左右手接上高壓電腕圈。瞬間的電流讓大校身體劇烈抖動，燈光也變得忽明忽暗。

「啊……啊……啊……」

中島痛苦地承受著電流的強大衝擊，一會過後，中島回復平靜，低頭看著自己身上的彈孔逐漸縮口，但是他的口中也開始同時吐絲，中島無奈地搖搖頭，眼看著自己慢慢結成繭蛹。

「真沒想到……」中島自言自語的說著。忽然「啪」一聲傳來，山洞中的燈光熄滅，中島瞪大眼睛轉過頭，透過細絲的空隙看著發電機的位置，晦暗中只見剛剛被擊中的中川躺在一旁。而他的手已經拉下電閘，中川滿嘴是血氣若遊絲地看著大校。

「去死吧……」中川微笑著閉上眼睛。

「混蛋。大日本帝國萬歲！天皇萬歲！」

大校的悲吼隨著黑暗慢慢沉寂，六十年的黑暗從此開始。

27

烈日當空，河岸邊就只有一個種西瓜的農夫背著除蟲噴霧機正在作業，只見陳羽傑坐在對岸邊的陰涼處啃著麵包，無奈地看著手上一張日治時期台灣機場分布圖的影印紙。

「少年咧，那邊蛇很多，你要小心一點。」一面目黝黑的農夫在河對岸好心對著陳羽傑大喊。

「喔……知道嘍，謝謝。」陳羽傑有氣無力地回應了一聲。

「真難吃。」他咕噥了一句隨手將麵包往水裡一丟，激起一陣魚兒因為搶奪麵包所引發的小小水花。陳羽傑拿過背包當作枕頭躺下來看著手錶，十點三十分。

「回去改個題目重寫算了……」真是越想越嘔，千里迢迢將摩托車從台北的學校運到了台東，原本想在台東找到日軍機場遺址之後拍幾張照片作為報告，然後自己就能騎著摩托車經南迴公路回去高雄的家。現在好了，機場附近根本什麼都沒有，去四周詢問，還被當地人給訕笑了半天，後來又發現騎車回高雄的路程將近兩百公里，而且這一路都在山裡面上上下下。這下可好了，就是活該自找的。

「唉……」陳羽傑嘆了一口氣，放下外套側身拉開背包拉鍊，從中拿出一條巧克力，翻過身後撕開包裝紙一口一口咬著，在高溫乾燥的氣候下，巧克力的甜香為他誘惑來了一些不速之客。

「嗡……嗡……」蜜蜂的聲音在他周遭盤旋著。

「哪來的？」

陳羽傑不耐煩地揮手驅趕眼前的蜜蜂，但是蜜蜂不但沒有被驅離，反而越聚越多。

「怎麼搞的？」

陳羽傑表情詫異地站起來，拿著背包揮舞想要嚇走蜜蜂，突然一隻蜜蜂在他的脖子上叮了一下。

「唉呀」一聲，瞬間的刺痛讓他大叫出來，手上的背包也掉到河邊。

「是虎頭蜂！」

雖然他搞不清楚叮他的是什麼種類的蜜蜂，但是陳羽傑聽過太多虎頭蜂螫死人的相關傳聞，他心中不寒而顫，也不管掉到河邊的背包，用力將手上的巧克力往一旁的河谷丟去，只見一群蜜蜂追逐香味而去，但還是有一些蜜蜂圍繞著他攻擊。

「混蛋！」

陳羽傑轉頭拿起一旁的外套左右撲打著，隨即擋住頭部想要逃跑，但是背後和大腿又傳來幾下火燒般的刺痛。

「救命啊，有虎頭蜂！」

陳羽傑對著河對岸的農夫大喊，突然感覺眼前一陣暈眩，頓時雙腿無力地倒了下去。他用盡最後一絲氣力拉高外套遮住自己的頭部，只見一群蜜蜂圍繞著他毫不留情地持續攻擊。

「少年咧，按怎了？」

農夫見狀大喊著，背著噴霧機涉水向昏過去的陳羽傑跑來。

28

國軍「漢光演習」恆春指揮中心餐廳內人來人往，各軍種、階級的軍官彼此高談闊論，不時還會夾雜著笑聲和掌聲。這種愉悅和樂的氣氛會讓人一時錯亂，以為是身處於三軍軍官俱樂部內，而不是一個屬於跨國大型軍事作戰演習之中。

在前往餐廳的途中，所有人經過一個小房間時都會好奇的往內打量一下，這個房間除了門口站的是美國憲兵之外，上面的標示牌也寫得很清楚：U.S. STAFF ONLY（美軍專用）。這是美軍軍事觀察團專用的房間之一，不准任意進入，能進到這個房間的除了美軍觀察團成員之外，台灣軍官的官階最少都是兩顆星以上，所以指揮中心的每個人對這個神祕地方的任何狀況都充滿好奇。

「午安，先生，」憲兵行舉手禮致敬著。

「您好。」滿頭灰髮，捲著袖子，手中拿著檔案夾的中年男子雷蒙回禮之後推開房門走入。

十多坪的房間內被一堆器材給佔滿，唯一一面靠窗的桌面上雜亂地放了一堆東西，有整疊的報告、數位相機、掃描器、印表機、文件夾、沒喝完的咖啡、吃了一半的披薩……這些東西整整堆了一桌。而在窗外的陽光照射之下，只見一個二十多歲的年輕人背對門口，聚精會神地拿著鑷子在桌上撥弄著。

「他又在幹什麼？」

雷蒙心想，他走近看到年輕人的動作後不禁皺起了眉頭。

只見年輕人手上的鑷子正在撥弄一隻在桌上爬行的毛蟲，當鑷子碰到毛蟲時，毛蟲立刻縮成一團防禦著，不動的鑷子和不動的毛蟲雙方僵持了一會兒，毛蟲又沒命似的屈伸起身子往桌邊快速爬去，一條透明的液狀痕跡隨著毛蟲爬行而延長著。

「好噁心。」雷蒙皺著眉頭看著桌上蠕動的毛蟲說道。

「不會啊……牠長大後就會成為台灣特有種的黃裳鳳蝶，很漂亮的，長官。」

年輕人回頭看著雷蒙。

雷蒙看著眼前這個小夥子，有著還不錯的外表和看起來靈活的眼神。

堂堂哈佛大學畢業，中央情報局台北站的特派員，評估上寫著他有著超乎常人的記憶力與邏輯推斷能力，但是怎麼老在幹這種無聊事情？你不能找點有用的事情做做嗎？雷蒙心想著。

「有事嗎？長官。」年輕人開口詢問。

「李歐，這件事情可能要你去瞭解一下。」

雷蒙回答得單刀直入，將手上的文件夾遞給李歐。

「這是什麼？」

李歐接過順手翻了翻文件。

「台東今天上午有人被蜜蜂螫傷了，你去瞭解一下。」雷蒙簡單地提了一下。

李歐翻到文件中所夾的照片檔案，雖然這張照片拍得不是很清楚，但是這隻蜜蜂的頭部影像卻吸引了他的注意。

「這是一種新品種的蜜蜂。」

「怎麼說？」雷蒙不解地看著李歐。

「你看，牠的觸角和前顎，和目前我所知道的蜜蜂都不相同，有可能是新品種。」李歐指著照片向雷蒙解釋。

這我怎麼會知道，雷蒙想著，聳聳肩看著李歐。

「我不清楚，但是我現在知道的是，這種蜜蜂的毒性很強，而且會主動攻擊。聽說那個年輕人只被螫了幾下，現在還在加護病房急救中。當然也有可能是他本身體質對蜂毒蛋白過敏。願上帝保佑他。」雷蒙無奈地聳聳肩。

「是嗎，有這麼厲害？毒性有這麼強？」李歐有點愕然。

「現在我們有海豹部隊在附近觀察演習……」雷蒙壓低聲音看著李歐。

「喔……」李歐會過意來看著雷蒙。

「我不希望我們的海豹有任何問題……這樣你明白我的意思吧？」雷蒙以命令的眼光看著李歐。

「什麼時候？」李歐問道。

「三十分鐘。也就是兩點整躺在車上出去，車子已經在等你了。」雷蒙看起來已經安排好了。

「是嘛？」李歐不情願地看著雷蒙。

雷蒙也知道「躺著出去」代表的意思是至少好幾個小時的不舒服。沒人喜歡在貨車的車廂中待著，不過現在看起來是不可避免了。

「這件事情不能曝光，出去的時候小心被跟監。」雷蒙低聲說道，並斬釘截鐵地比了個手勢，李歐只好摸摸鼻子認了。

雷蒙轉身要走時，忽然又停了下來轉身看著李歐。

「李歐，你難道都不想爭取轉到……比如說上海、香港或是東京站嗎？你要發展的話，在台北站是不會有出息的。如果你想要的話，我倒是可以幫你這個忙。」雷蒙以探詢的眼光看著李歐。

「沒有，至少目前沒有，謝謝你的好意。」李歐想了一下回答雷蒙。

傻子，台北站是個鳥缺，你就等著混到退休回家養蟲吧。雷蒙心想著。

「三十分鐘。」

雷蒙不放心又交代了一次，他看了看桌上蠕動的毛蟲後皺起眉頭轉身走出。

29

「喀噠」一聲，李歐清理好貝瑞塔手槍清好槍後放到自己外套夾層內。他拿起背包，穿過鬧烘烘的辦公區域走向停車場。

當他穿過走廊時，前方飲水機不鏽鋼外殼上的模糊反射影像讓他提高了警覺。李歐往後瞄了一下，後面遠處有一名穿著清潔工制服的男子推著一台清潔車緊跟在後，他沒看見李歐的短暫一瞥，因為他的嘴正對著領口喃喃自語。

不會吧？我人都還沒離開……這些人會不會太敏感了？李歐稍微皺了眉。

李歐心生一計，他在飲水機前停下來假裝喝水，果然後方的男子立即停下，隨手拿起玻璃刮刀胡亂擦著一旁原本就光亮潔淨的玻璃。

「哼！」李歐用手背擦擦嘴往回走向清潔工，清潔工看到李歐往自己走來一時慌了手腳，乾脆轉過身背著李歐，假意整理推車上的物品。李歐趁他轉身的同時，悄聲推開一旁的逃生門快步下樓。

清潔工等了半晌沒看見李歐從身旁走過，警覺地轉過身，表情瞬間呆住了。眼前只剩空無一人的走廊，什麼都沒有，人不見了！

「媽的。呼叫呼叫……目標不見了，請派人去一樓協尋。」

清潔工驚慌地拿起隱藏麥克風一邊狂呼著隊部，一邊轉身看著玻璃窗外。停車場上毫無人影，只有一台 FedEx 貨車剛通過檢查哨駛離大門。

30

清晨的東部沿海公路上，摩托車的聲音從遠而近過來又逐漸遠去，路邊曬著太陽取暖的攀蜥絲毫不受影響，只見陳建鴻和吳尚如兩人背著一個大型軍用背袋，騎著摩托車在東部公路上呼嘯而過。

兩人沿著陡坡往下回到山洞口，就在陳建鴻撥開山洞外偽裝的同時，吳尚如得意洋洋地從背後抽出美軍制式「沙漠之鷹」半自動手槍秀給陳建鴻看。

「班長，這個怎麼樣？」吳尚如的眼睛閃爍著。

「我靠，這是誰的？」陳建鴻瞪大眼睛問著吳尚如。

「這是那個美國爛兵史考特的槍。」吳尚如帶著一絲奸詐笑著回答。

「你跟他借的嗎？」陳建鴻直覺這枝槍的來源肯定有問題。

「屁啦！我昨晚看他喝得爛醉，今天又是下午集合，所以就先借來用用。」吳尚如得意地看著陳建鴻。

「幹，這叫偷吧。你真的不要命了，敢拿老外的槍？」陳建鴻不敢置信地問著吳尚如。

「怕什麼？等一下等我們發財了，買一百枝還給他。」

「我操，你瘋啦？」陳建鴻氣到話都說不出來，盯著吳尚如。

「沒事，我們快點弄一弄回去不就好了，你在擔心什麼啊？你有了錢之後還怕什麼，你有病啊？」

「靠夭啊，是誰有病啊？你告訴賣檳榔的說我們要去哪裡幹嘛？你有病啊？」陳建鴻不客氣地指著吳尚如罵道。

「行行行，我有病，快點走吧。」

吳尚如不耐煩地對著陳建鴻比了一下已經揭開偽裝的山洞口。

「你娘咧。」

陳建鴻罵了一聲後從腰間抽出了手槍，另一手拿著大型手電筒，兩人沿著階梯進到洞穴之中。

地下通道依舊冰冷潮濕，幾隻蜜蜂隨著手電筒的燈光四下飛舞。

「哪裡來的蜜蜂？喂，前天進來時這裡有蜜蜂嗎？」陳建鴻邊用手驅趕邊問吳尚如。

「沒有，大概門沒關好飛進來的吧。」吳尚如邊回答邊用力拉開大門，拉開門的同時兩人都呆住了。

「靠，這……班長？」吳尚如的語氣內帶著疑惑與不安。

陳建鴻不回答，訝異地看著眼前的一切。原本應該是陰暗黝黑的洞穴居然已經有了微弱的燈光，在燈光的照射之下，這個山洞看得出原本是一個實驗室，而各式打碎的實驗用品、散落一地的針筒，證明了這裡曾經是一個專供醫學使用的實驗室，而飛舞其中嗡嗡作響的蜜蜂更讓氣氛詭異到不行。

「喀啦！」一聲，陳建鴻拉起了槍機讓子彈上膛，他轉頭看著吳尚如：「吳尚如，前天要走之前，你是不是有動到什麼？你的槍先不要開保險。」

「沒有……我什麼都沒動。」

吳尚如疑惑地搖搖頭，原本想打開「沙漠之鷹」保險栓的手也忍了下來。

「這電是從哪裡來的，你知道嗎？」陳建鴻一邊問道，一邊平端著槍採取警戒姿態。

「我不知道……班長……那些是什麼東西？」

吳尚如指著實驗床上一個個巨大裂開的空殼和滿地的黏液問著陳建鴻。

「不知道……這看起來像是……」

「像是什麼？」吳尚如擔心害怕地看著陳建鴻。

「像是蟲仔的殼。」

「啊？」

陳建鴻摸了一下蟲蛹，在鄉下長大的他很清楚眼前這些都是「新鮮」的蟲殼，但是如果真的是蟲，那這隻蟲會有多大？而且看起來還不只一隻蟲。一種不安的情緒湧起，他心想必須要快點行動了，陳建鴻轉頭看著吳尚如指揮著他。

「廢話少說。快找一下有什麼值錢的，先拿先贏，你找那一邊，我找這一邊。快啦！」

「好！」吳尚如回答的同時，「滴」的一聲，一滴黏液滴到吳尚如的頸上。

「靠！」吳尚如大喊一聲，嚇了一跳的他立刻拿起手電筒對著岩洞上方四處探照。

什麼都沒有。

「叫什麼啦？你要嚇死人啊！」陳建鴻指著怒罵。

「上面有東西滴下來……」

吳尚如伸手摸了摸頸部後看著自己的手掌，手掌上是一坨透明夾雜些許綠黃的黏液，他拿靠近鼻端聞一聞，這東西有一種說不出的噁心腥味。

「幹！這是什麼？」吳尚如懷疑地看著。

「你說什麼？」陳建鴻在另一方喊道。

「我說，這東西是從上面滴下來的，黏黏的也不知道是什麼鬼東西……」吳尚如指了指岩洞上方。

「啊？什麼東西？」

兩人拿起手電筒往洞穴上方照去，只見在手電筒的光照下，一個身著日本二戰軍服、但是頭部是螳螂的怪物攀附在山洞上方正看著兩人，而這怪物頭上的兩隻觸角還微微擺動著偵測兩人的動作。

「媽呀！」吳尚如嚇得魂不附體地喊著，陳建鴻除了看到洞穴上的螳螂怪物之外，旁邊還有幾隻有著蜜蜂頭、一身日本士兵裝扮的怪物正看著他們，這些怪物的複眼中閃爍著妖異的光彩。

「砰！砰！砰！」的槍聲響起，陳建鴻當下舉起手槍對著這些怪物射擊，只見螳螂人飛撲而下張開大嘴，兩根巨大的獠牙對著他一開一闔著。

「快逃啊！」陳建鴻大喊轉身想逃但已經來不及了，螳螂人飛撲到他的身上，陳建鴻一轉身，只見一隻鐮刀手臂向他的腦袋揮來。

「啊！」陳建鴻一聲慘叫未斷就倏然而止。吳尚如則是被毒蜂人團團圍住，幾雙巨大的複眼閃爍著紅色的興奮光芒看著他。

「你們……要幹什麼……」

吳尚如哆嗦的聲音中帶著極度的恐懼，他舉著槍的手不斷發抖，連開保險栓的力氣都沒有，一泡尿沿著褲管傾瀉而下。

「嘶……嘶……」的聲響傳來，一根尾刺以迅雷不及掩耳的速度直接割斷了吳尚如的喉嚨和氣管。

「啊……啊……」吳尚如的舌頭從口腔中吐出，發出死亡的聲響，他全身痙攣抽搐著，毒蜂人的尾刺一刺一勾地把他當作活靶來回穿刺，鮮血夾雜著空氣從被刺破的喉嚨和腹部噴湧而出。

「讓我來！」

螳螂人走上前，舉起鐮刀式的前臂一刀砍下吳尚如的頭，兩顆人頭一前一後的落在洞穴的角落，而螳螂人則是咬住無頭的屍體，一口一口撕下大快朵頤著。

「嗡……嗡……」的聲響緩緩落在身後，螳螂頭的中島大校滿嘴是血地回頭看著，只見五個毒蜂人站成一排，每個人的臉部逐漸回復正常，但是複眼中仍然帶著詭異的光芒。

「敬禮。」毒蜂群舉起了長滿硬毛的觸手對著中島大校行舉手禮。

「大家辛苦了。」中島大校的臉慢慢回復成人形，舉起鐮刀手回禮。

31

低矮的醫院研究室內吊扇無力地發出「唧唧」的聲音。

「白血球被破壞得很厲害，看起來似乎是一種變種蛋白質……」一臉落腮鬍、戴著眼鏡、梳著三七分線西裝頭的李歐，一邊專注看著顯微鏡，一邊聽著主治醫師講解。

「有點棘手……你們怎麼醫治？」李歐抬頭問著主治醫師。

「他送來時因為蜂毒造成體內溶血反應，橫紋肌溶解，電解質異常，全身性血管內凝血異常，還有腎衰竭現象，我們現在給他注射 Diphenhydramine 50 mg IV，並且用體外透析機幫助血漿交換。現在情況比剛來時好很多了，目前恢復的狀況良好。」

「是吧，我能看一下嗎？」

「請。」

主治醫師拄著拐杖比出了邀請的手勢。

李歐穿戴了口罩穿妥無菌衣走進加護病房，看著床上的陳羽傑，李歐微微皺眉。

「怎麼會搞得那麼嚴重？」李歐心想著。

眼前插滿管子和戴著呼吸器的陳羽傑正閉著眼昏迷著，只聽到「嘟嘟」的心跳監視器聲音隨著他的呼吸起伏著。

「他被蜂螫的程度很嚴重？」李歐轉過頭看著主治醫師。

「其實他身上的螫痕不多……所以這情況讓我們滿訝異的。因為一般要超過十個以上的蜂螫才會有較明顯的症狀發生。你也知道，過敏症狀來自於免疫球蛋白 E 抗體所引發，但是現在沒有『因』卻出現『果』，這真的是讓我們難以想像。」主治醫師看著陳羽傑。

「所以你們就通報了？」李歐詢問道。

「是啊。我們鄉下地方蜂螫這種事情常發生，不過這次比較特殊，所以就通報了，因為我們也不想在未來還有類似的情況再次發生。你知道的，台灣健保對於這種病況未必給付。」主治醫師說得很乾脆。

「你想會不會是他個人體質的問題？」李歐看著主治醫師。

「應該不是，這個你看一下。」主治醫師將一個透明的塑膠檢體罐遞給了李歐。

「謝謝。」

李歐將檢體罐拿高，對著光線仔細端詳。罐子裡面裝的是一隻蜜蜂的屍體。

「我問過蜂農，他們都說沒看過這種蜜蜂，可能是有人偷渡引進外來種之後又隨便棄養。唉，誰教台灣現在做什麼都不會賺錢……」主治醫師嘆了一口氣有點無奈。

「嗯……」李歐心中暗暗訝異地看著手上的蜜蜂，雖然他在作戰中心就已經看過照片，但是看到實體時還是不禁吸口冷氣，因為如果這隻蜜蜂如他所想並且查證屬實的話，那這絕對是昆蟲界的一大新發現。

「我知道了。謝謝你，我會拿回去研究的。」李歐將檢體罐放入自己口袋後，和主治醫師握握手準備轉身離開。

「班森博士，」主治醫師喊了李歐的化名，「上面是真的對這件事有興趣嗎？」主治醫師懷疑地盯著李歐。

「你的意思是？」李歐冷靜地面對詢問，主治醫師看著李歐停了一下擠出一個笑容，試圖轉換氣氛。

「你們來得太快了……沒事……我只希望你幫我們醫院爭取一下……」主治醫師陪笑著說。

「你是指？」李歐不明所以地看著他。

主治醫師環顧簡陋的醫院環境，他撐起拐杖雙手一攤對著李歐小聲說道：「經費……沒有錢這邊什麼都做不了……先謝謝你……好嗎？」

「我會盡力。」李歐對著醫師比出大拇哥後轉身就走，醫師感激地看著李歐。

醫院一樓大廳內聖母瑪麗亞的畫像慈愛眷憐地看著其下的芸芸眾生，院長搓著手試圖用言語表達他的感謝之意。

「真想不到上面會請您這位專家專程趕過來我們這種小地方，真是太感謝您了，班森博士。」

「謝謝，謝謝，謝謝。」陳羽傑的爸爸媽媽對著李歐一直鞠躬哈腰致謝著，李歐暗自好笑地揮手制止。因為樣本和檢體都弄到了，現在得板起臉孔追問清楚這個小鬼是在哪裡被這些新品種蜜蜂螫傷的。

「他是在哪裡被螫的？」李歐問著院長。

「不知道欸……」院長面有難色，從他的態度看得出來這是一個不好回答的問題，而且他的表情也顯露出他明知李歐一定會問這個問題。

「為什麼？」李歐表情嚴肅地追問院長。

「鄉下人怕事，他們把這個小孩送到醫院急診室後只說：『這個小孩在河邊被蜂螫了。』之後就跑了，現在只有這幾張照片，我們真不知道他是在哪裡被螫的。」

院長吞吞吐吐地將一疊列印出來的監視器畫面交給李歐。

「嗯……這可以給我嗎？」李歐順手翻了一下，這些照片是一輛一般常見的藍色小貨車，車號看不清楚。

「沒問題，你拿去吧！」院長連聲答應。

李歐沉吟著，院長的表情看起來不像是說謊。這下子麻煩了，台東地方滿大的，光憑這幾張照片該如何找起？

李歐望向陳羽傑的父母，「你們知不知道你們的小孩為什麼要跑來這邊？」

陳羽傑的父母親互看了一下，爸爸用手肘推媽媽一下，媽媽結結巴巴地說：「喔……他說要做他的功課。」

「什麼功課？」李歐有點懷疑的看著陳羽傑的父母親。

「他阿公古早是神風特攻隊的隊員啦，他現在好像在做這方面的功課……」媽媽不確定地小聲說著。

「什麼？什麼特攻隊？說清楚一點啦。」院長有點搞不清楚他媽媽所說的話，大聲斥責著。

「我說，他阿公古早是神風特攻隊的隊員啦，他現在好像在做這個功課，所以才跑來台東，不過我們都不知道他跑到台東來。失禮啦，失禮啦。」媽媽稍稍提高了音量，一副害怕得罪李歐的神情與口氣。

「什麼？」李歐有點搞糊塗了。

「飛機，自殺飛機，自殺飛機的研究，他小孩在做自殺飛機的研究！」院長看李歐不知道神風特攻隊，因此幫忙協助解釋。

「自殺飛機？什麼東西？算了，再想辦法吧。」李歐皺起眉頭。

「他的檢體我會帶回台北去進一步化驗，有消息會再通知大家，我要走了，謝謝。」李歐一口氣說完伸出手準備和大家握別。

「這麼趕？您要不要一起吃個午餐，我們已經準備好了。班森博士……」

院長驚訝地看著李歐，李歐看得出院長已經另外精心準備了一些節目，但生怕再待下去就會穿幫，還是先走為妙。

「不了，謝謝您的好意。」李歐不等院長再問就直接和院長握手，他轉過頭看著陳羽傑的父母親。

「你們放心好了，他不會有事的，上帝保佑你們。」李歐誠懇的語氣和目光頓時讓他們安心不少。

「要不要幫您安排車子送您到機場？」院長的語氣聽起來有點失望。

「不了，我有交通工具。」李歐遠遠看到主治醫師拿著一張紙，拄著拐杖一瘸一拐快步從後樓走來，他心想再不走等一下就走不了了。

「嗨，等一下。」主治醫師邊走邊揮著紙對著眾人大喊，院長和陳羽傑的父母驚訝地看著遠處快步走向前來的主治醫師，李歐抓到這個機會轉身拔腿就跑。

「嗨，班森博士。」院長聽到腳步聲回過身來大喊著跑走的李歐，但是李歐連頭都不回就跑出了醫院。

現在是怎麼回事？院長一下子也弄糊塗了，不過心中隱隱約約知道有些事情不對勁。

「他媽的，居然跑了，混蛋！」主治醫師邊喘邊對著眾人說道。

「怎麼了？怎麼回事啊？」陳羽傑的媽媽關心的問著主治醫師。

「這個傢伙根本不是上面派來的，他是個冒牌貨。」主治醫師看著大門破口大罵。

「什麼？」眾人面面相覷地看著門口。

32

國軍特戰部隊特搜排斥候班在集合場上或蹲或坐，每個人臉色鐵青聽著兩個美軍觀察團的海豹部隊士兵滿臉憤怒對著翻譯官臭罵。

「幹你娘……」

刀疤佬喃喃地又罵了一句，轉回頭焦急地再次詢問著班兵。

「他媽的，有沒有人知道陳建鴻和吳尚如究竟死到哪裡去啦？」刀疤佬已經壓不住滿腔怒火，班兵彼此互看著，沒人答話。

「媽的，不說就全部抓去關禁閉！」刀疤佬憤怒斥喝、語帶威脅地警告所有班兵。

「真的就不知道啊。」班兵小梁無可奈何回答，眾人贊同地看著小梁。

「混蛋！你是有沒有問到啊？」只見翻譯官滿臉脹紅地走到刀疤佬前大聲斥喝，後面的兩個美軍也是滿臉怒氣地看著翻譯官。

「翻譯官，大家都說早上吃完飯後真的就沒看到他們兩個人了！」刀疤佬極力澄清。

「混蛋，你是怎麼管的？班兵不假外出就算了，為什麼要去偷他們的槍？你這個排長是幹什麼吃的？」

翻譯官左一句、右一句地當著所有班兵破口大罵，絲毫不留給刀疤佬任何情面，刀疤佬氣得臉上一陣紅一陣白。

「說啊。他們是不是逃兵後要持槍去搶劫？說啊，混蛋！」翻譯官繼續怒斥著刀疤佬。

「那個班長再過幾個月就退伍了，不會逃兵的。」刀疤佬稍稍提高音量對著翻譯官解釋。

「那為什麼要偷他們的槍？啊？告訴我啊！」翻譯官大吼著。

這句話堵得刀疤佬無話可說，緊抿著嘴看著翻譯官，心想你不就是一條會說英文的狗！神氣什麼？

「嗨，你，過來一下。」背後的美國士兵史考特不客氣地喊著翻譯官。

「還不往上呈報？杵在這裡做什麼？你白痴啊。」翻譯官罵完走向背後的兩個美國士兵。

刀疤佬轉身走到營房拿起無線電，他拿著無線電的話筒的手還是氣得微微發抖，「嘟嘟」的訊號聲響起，對方接起了無線電。

「什麼事？」話筒傳來營長懷疑的聲音。

「報告營長，我是斥候排的林治星，我們有兩個人不見了。」刀疤佬小心報告著。
「是那兩個阿兜仔嗎？」營長的口氣聽起來有點緊張。
「不是。是班長陳建鴻和班兵吳尚如。他們上午騎著摩托車不假外出……」話還沒說完，營長就硬生生打斷了他的話。
「他們回來就直接送管訓班。還有什麼事嗎？」
營長的口氣頓時又威嚴了起來，刀疤佬抬頭看著營外正在臭罵翻譯官的美國士兵。接下來這句話最難說。
「報告，那兩個傢伙拿走了老外的隨身配槍，現在老外正在對翻譯官發飆。」刀疤佬硬著頭皮說出了這句話。
「混蛋！怎麼不早說？」營長的聲音聽起來極端憤怒。
「報告，我們上午才發現他們做了這件事情……」
刀疤佬試圖解釋，但是營長根本不想聽，他急切問著：「王八蛋！那他們向上面反應了沒有？」
「還沒有吧，他們現在正在幹譙翻譯官……」刀疤佬看著營外正低著頭挨罵的翻譯官，忽然有一種幸災樂禍的感覺。

「我告訴你，如果你不在最短時間內把槍找回來的話，我一定把你送軍法！你自己看著辦吧，混蛋！」

營長幾乎是嘶吼地摔下話筒，刀疤佬聽著「嘟嘟……」的話筒發怔。

「好了，這下開心了。」

刀疤佬握著無線電話筒，臉上的刀疤與青筋畢露。

「報告排長。」原住民班兵大胖喘吁吁地跑進來向著刀疤佬報告。

「有沒有消息？」刀疤佬放下話筒，看著眼前這個滿頭汗水的班兵，心裡升起了一點點期待。

「報告排長，我問到了。今天我們部落有人看到陳建鴻和吳尚如，他們騎車往山裡面去。」大胖氣喘吁吁說著。

「真的假的！」刀疤佬又驚又喜，不禁用力握了一下拳頭。太好了，神還是沒有遺棄我，這種感覺真是太棒了。

「是真的。因為他們有停下來買煙，賣煙的是我好朋友的媽媽，他們說他們要去大武山上。」大胖比手畫腳地說。

「幹，有毛病啊！他們去那裡幹嘛？」刀疤佬瞪大眼睛地看著大胖。

「沒說誒……」大胖猛搖頭。
「那邊離這裡多遠？」
「不遠啊！差不多二十多公里，就是我們昨天演習的地方再往裡面一點點。」
大胖話還沒說完，翻譯官帶著兩個美軍滿臉怒火地走進帳棚。
「混蛋！人找到沒有？」
「找到了。」
「啊？那人呢？」翻譯官愣了一下。
「離這裡二十多公里的山裡面。」
「那還站在這裡做什麼！你有沒有通知憲兵去抓人？」翻譯官指著刀疤佬罵道。
「翻譯官，借一步說話。」
刀疤佬拉著翻譯官往裡面走了幾步。
「嗨，我的槍呢？你們要幹嘛？」史考特喊著兩人。
「請等一下。」翻譯官低聲下氣地回答後，轉頭看著刀疤佬。
「翻譯官，這件事情我們營長還沒有向上通報，而且如果通報上去對大家都沒好處。
這些死老外昨天喝成那樣你也在場，你應該很清楚，到時候如果上面要問，大家都會死在一塊。所以依我看，要不然我們先帶著他們一起去拿回槍，剩下的我再來處理，你看這樣處理好嗎？」刀疤佬看著翻譯官。

翻譯官聽完後悶不作聲地看著帳棚外的美國士兵。

「怎麼樣？」刀疤佬又問了一句。

「好吧，不過我警告你，要是再有問題的話，你就真的死定了，知道了嗎？」翻譯官眼露凶光地警告著刀疤佬。

「沒—問—題—」刀疤佬用長重音回答著翻譯官。

「兩位，我們可以討論一下嗎？」

翻譯官拉著史考特和艾力走到一旁竊竊私語，看起來兩個美國士兵是不太願意，但最後還是無可奈何地點點頭。

「我們現在可以去拿回他們的槍了嗎？」翻譯官對著刀疤佬喊道。

「馬上出發。」

刀疤佬暗自鬆了一口氣，但隨即又繃起臉孔。「他媽的，陳建鴻、吳尚如，你們就不要被我抓到。幹！」

刀疤佬臉上的刀疤因為憤怒而扭曲變形。

33

日本防衛省祕密會議室內，眾人憂心忡忡互相傳閱桌上的一堆舊檔案，標明「原爆001」的木箱中，一個舊式德製的無線電接收器的小紅點不斷發光之外，就是規律地發出「嗶……嗶……嗶……」的聲音。

「各位，現在『原爆001計畫』……該怎麼說呢？這個計畫居然在六十年後被重新啟動，這真是讓大家想都想不到的事情。」

身穿軍服的日本防衛省大臣先開口，此時一個中年男子舉手要求發言，防衛大臣看著他點點頭，「請官房長官發言。」

「對不起，我說一句，現在『七三一部隊』的議題和後續處理，至今仍在中國餘波蕩漾，比它更厲害一百倍的『原爆001計畫』如果洩漏出去，將會造成世界的震撼，也對日本的『非核主義』產生重要影響，所以要立刻設法解決。」

官房長官話還沒說完，門突然被打開，首相隨從出現在門口簡單宣布：「總理先生參加本次會議。」

眾人吃驚地推開椅子站起身來準備迎接首相。

「誰透露消息的？」防衛大臣小聲的問著情報本部部長。

「有心人吧……」情報本部部長嘆了一口氣。

一個略有華髮、身穿日式燕尾服的中年男子手上拿著資料，滿臉緊繃嚴肅地走進會場，在主席位上坐下。眾人互相對望，大家心裡清楚知道事情的嚴重性，因為上一次首相有這種表情的時候，是在與北韓第七輪「六方會談」破局的當天。

「請坐。」首相藤原待眾人坐好後目光銳利地看著每一位出席人士。所有人都緊抿著嘴等著首相發言，現場安靜到如果有根針掉到地上都清晰可聞。

「砰」一聲，首相將手上資料往桌上重重一放。「現在怎麼辦？有誰能夠解釋一下，日本居然在台灣留有原子彈？這真是他媽的一個混蛋的好消息啊！」

眾人面色凝重，眼光不自覺的都望向防衛大臣，防衛大臣輕咳一聲，站起身向首相微微一鞠躬。「目前這件事情還未曝光，實際上，我們自衛隊已經在第一時間派遣專人，前去處理『原爆001計畫』了，是這次原本部署在台灣負責偵查搜集美、台演習的戰搜小組，他們應該在四個小時內就會到達現場。」

眾人聽完這段話後如釋重負地點了點頭，但是首相冷冷地接了一句話：「派日本戰搜小組去台灣？我怎麼都不知道？這是多大的事情你知道嗎？美國知道這回事嗎？」

眾人目光又轉回防衛大臣。

「去台灣偵搜本來就是既定的年度計畫，而且還好這批人現在就在台灣，可以馬上處理這件事情。至於這件事情美國方面目前並不知情，如果美軍知道有這件事情發生，那麼您想美國會怎麼做呢？」防衛大臣緊盯著首相。

藤原用手摸著臉龐沉默不語，大家知道這是他陷入思考的習慣，不過這也代表他很快就會對這件事情下決定，藤原不是一個喜歡拖泥帶水的人。

「這個東西是從哪裡來的？」藤原放下手來看著防衛大臣。

「這是第三帝國的實驗品，不過因為發明得太晚，那時候美軍已經登陸諾曼第，開始陸地作戰，希特勒自己也知道原子彈的殺傷力太大了，不可能在歐洲平地戰場上使用。所以希特勒就順應大本營的請求，派人將原型００１號從歐洲送到台灣來，他想要借用神風特攻隊的力量來攻擊南太平洋上的美國航母艦隊。希特勒希望這個計畫是可行的，如果美國航母艦隊能夠整個被消滅的話，他就有籌碼和盟軍進行談判。如果那時候成功，那世界局勢可能就不是現在這樣了。」防衛大臣將整個事件的前因後果詳實告訴藤原首相。

「嗯……這個東西當初設計是要怎麼使用？」首相雙手在自己身上比了一下看著自衛

隊司令問道。

「由於德國的這款小型原子彈是採用『三位一體』的分離式設計，所以應該有可能是讓當時參與神風特攻隊的航空兵綁在身上，然後三台飛機同時衝撞，或是同時間衝入航空母艦群中自我引爆，這樣就可以利用原爆的威力瞬間消滅一整批的美國航母戰鬥群。」航空自衛隊幕僚長代為解釋。

「為什麼沒有後續發展呢？怎麼會當時就放任不管，而現在又莫名其妙地重新被啟動了呢？」首相拉高分貝地詢問著。

「報告首相，根據一九四五年參謀本部的一份回報資料顯示，應該是因為實驗失敗導致輻射外洩，以至所有的士官兵當場死亡。由於輻射疑慮再加上事涉敏感，所以當時參謀本部就直接放棄了實驗基地，沒有再派人進去察看。但這幾十年來，我們一直都持續對該地保持監測與注意，即使前幾年我們認為這件事情已經告一段落，把檔案和機器封存，移轉進入了地下庫房，但是接受器到現在都還是一直保持著插著電，讓關關處於『開』的狀態。幸虧這幾十年來一直如此謹慎，我們才能在出狀況時馬上得知。目前看起來是有人發現了這個基地，並且進行了啟動模式。」隸屬於自衛隊統合幕僚監部的「二戰祕密軍事資料調查委員會」主委黑澤小心翼翼地說明。

「啟動？怎麼啟動？我倒是要問個清楚。當年事故之後現場所有人都死光了吧？這也就代表當時應該就沒有電了吧？機器要啟動也需要有電能啊，這電又是從哪裡來的？難道我們戰後有派人拉了條電線進去嗎？誰能回答我這個問題？黑澤？」

「流體發電。」

「啊？」藤原愣住了。

「由於這個基地下方就是一條溪流，加上山谷高低落差很大，所以當初建設時就設置了一個隱藏式的小型水力發電機組，看起來這個發電機組到現在還是保持著正常運轉。」

「哼，果然是日本製造啊。」首相不滿地罵了一句。

眾人彼此對望著，沒人敢吭聲。

首相抓抓額頭之後看著眾人，「有電的這個問題解決了，但是這個啟動又是怎麼一回事？會不會是因為下雨、地震，或是有動物跑了進去……你覺得呢？」藤原轉頭問著自衛隊司令。

「關於這點這我們推演過了，不過有點不太可能。因為根據當時的ＯＴ（技術命令）上的指令，要啟動發電機電源只有兩種方式，一種是直接推上電閘，另一種是用紅外線啟動。不過無論是用哪一種方式啟動發電機，都不太可能是因為非人為因素而啟動。」自衛隊司令對首相進行說明。

「媒體有報導嗎？台灣的媒體是有名的亂搞亂報，他們有開始相關的報導了嗎？」首相看著外務大臣。

「報告總理，日本駐台灣的通訊社或是交流協會，到目前為止，都還沒有從台灣的任何媒體之中聽到相關或是類似的報導。」外務大臣起身說明。

「嗯……」藤原長吐了一口氣，他眉頭深鎖的看著木箱中的無線電接收器。

「都過六十年了，這東西還能有作用，第三帝國真是他媽的了不起。」聽到藤原居然開始罵起髒話，眾人不禁面面相覷。

「原子所，原子所沼田在嗎？」首相詢問著。

「是。我在這裡。」坐在一旁會議椅上的一個約七十多歲戴眼鏡的老頭舉手應了一聲。

「我問你，已經過了六十年，這東西現在還有危險嗎？」首相懷疑地問著沼田。

「嗯……因為不確定德國的原子彈是怎樣的設計，有點難以推估。但如果當時輻射已經外洩的話，實在說不準。不過因為核裂變需要有強大的能量來誘導，因此如果沒有引爆來激化核反應，我想應該是不太會有立即爆炸的可能性……」

沼田還沒說完，首相就打斷他的話反問著。

「簡單一點回答。我的意思是說，如果有人用炸藥引爆的話，是不是就會立即產生原子彈反應？對還是不對？」首相看著沼田。

沼田愣了一下，「是的。不過想要引爆原子彈是需要滿高劑量炸藥的。」

「是嗎？」首相微微皺起眉頭。

「喂，黑澤，這些缺幾頁的資料上面有提到七三一，這個跟七三一部隊又有什麼關係？」從藤原的口氣聽得出來，他是不太願意提出這個問題。

「報告總理，由於一九四五年蘇聯紅軍占領滿洲國，七三一部隊相關研究資料都已經被蘇聯拿走了，而當初主事者手上的一些資料也隨後被美國人取走，所以我們現在無法分析這件事和七三一部隊或是一〇〇部隊是否有任何的關聯性。因為現在資料也缺頁甚多，我們只能猜測當時除了原爆計畫之外，有可能是想加入一些化學戰劑一併使用。」

黑澤對著首相報告，會議桌另一端的情報本部部長則是嘉許地對著黑澤點點頭，黑澤也略微領首回敬。

「問題是在原爆的高溫燃燒之下，加入任何的化學戰劑不都是白搭嗎？有必要這樣做嗎？」首相懷疑地看著黑澤。

「這點就真的不清楚了。」

藤原雙手合十的撐著下巴靜默不語，眾人屏氣等待藤原的裁示。

首相看著自衛隊司令，「你聽好了。由於可能會有潛在的危險性，你要告訴戰搜小組，無論如何絕對不能用攻擊或是爆炸的方式來處理，你請戰搜小組務必要妥善處理完畢，並將所有東西盡可能地送回日本。我指的是原子彈。無論如何一定要做到！清楚嗎？」

「是，我明白。」自衛隊司令沉穩地接下這個命令。

首相眼光又轉而看著情報本部部長，「用你所有的辦法去調查是不是台灣軍方或是什麼單位發現了這個基地，如果是的話要立刻回報。清楚了嗎？」

「是，我知道了。我現在去辦。」情報本部部長起身離開會議桌，在會議室門口他轉身看了一下黑澤。

黑澤給了他一個「我知道了、您放心吧」的表情，情報本部部長滿意地推門而出。

「另外，目前這件事情只有在座的各位知道，如果各部會有聽聞到任何的風吹草動，請立即回報給外務省的河野長官和自衛隊的安室司令，而兩位如果有聽到任何消息或是動靜，請在第一時間回報給我。還有，所有人都不可以任意對外發言，對於任何詢問一定要否認到底，有任何問題無法解決的話直接推給我就好了。大家清楚了嗎？安室司令。」首相表情嚴肅的看著眾人。

「是。」安室司令坐直身子等候指示。

「你明天去和美軍太平洋總司令米契爾見面的時候，千萬不能透露任何有關於這件事，或是『戰搜小組』的半點口風。如果他或是任何人有問起就裝傻，清楚了嗎？」

「是。我知道了。」安室點頭接受指令。

「今天的會議將列為最高機密會議，我不想因為這種事情而輸掉選舉，也不希望美國知道這件事情。大家清楚了嗎？」

眾人面色凝重地點頭，首相嘆了一口氣望著木箱，而其中的無線電接收器依然規律地發出「嗶……嗶……嗶……」的聲響。

34

天剛矇矇亮，旭日染得天空一片豔紅，太平洋上風平浪靜萬里無波，今天看起來又是一個晴朗炎熱的天氣。

「Take it easy……」

李歐一身痞子裝扮，口中哼著歌曲戴著墨鏡，騎著摩托車在花東海岸公路上奔馳。

昨天晚上他在便利商店憑著自己是「外國人」的優勢，輕易弄到了他們店門口的監視器畫面，找到畫面中疾駛而過的貨車，和他手上圖片中那一台載著年輕人奔向醫院的貨車，經過比照後，大家都說是這輛貨車肯定是個瓜農的車，而在台東最著名的種西瓜的地方就在大武山。

想到剛才那一幕，李歐不禁得意地笑了。

「真是簡單啊。」

李歐覺得台灣人真是熱情，對於外國人真的是好到有點過了頭。他想起剛才那個便利店店長，連瓜田位置在哪裡都主動幫自己打電話去問，連找都不需要費工夫，全部的費用就只是買了一包M&M巧克力豆和一瓶沛綠雅的礦泉水，看起來這一趟情搜還真是簡單輕鬆。

「應該是這裡了吧。」

李歐看著橋下一畦畦整齊的瓜田，騎著摩托車找尋前往河岸的路。

「噗噗噗」的摩托車聲音停止之後，四周回歸到一片寂靜。

李歐翻過背包從裡面拿出地圖，和CIA專用的GPS全球定位系統，李歐熟練地按下目前身處的經緯度，「嘟」一聲，全球定位系統設定完畢。

「我開始幹活啦，你不要以為我現在在鬼混。」

其實李歐心裡清楚得很，這只是一個標準程序，按下定位系統設定的同時，美國在台協會就已經掌握了他的行蹤。這是為了要確保他個人的安全，以及防止機密外洩，或是人員叛逃的做法。

「幹活吧。」

他看了看前面河岸旁茂密的森林嘆了口氣，他以現在這個點為中心畫出上下各一公里平方的區域，而這一公里圓周就是他今天要搜查的範圍。

「這個區域還滿大的……」

李歐伸手抓抓頭，不管了，先從河邊往上去找吧。因為依照蜜蜂的習慣，築巢處大都會在岩石縫或是軟土區內，河床上的岩頁板夾縫其實就是一個滿適合築巢的地點，而且年輕人就是在河邊被螫的，所以還是從這兒著手吧。

李歐將地圖和ＧＰＳ放回背包中，拿出一支三節的伸縮棒拉開，這個東西除了能確保自己在溯溪時不會滑倒之外，還能用來戳一戳看來可疑的物品，不然碰到蛇或是其他東西也是夠麻煩了。

「走嘍。」

李歐自嘲地開始沿著河床搜尋著，迎接他的只有一聲一聲的鳥叫，彷彿在懷疑這個外來客。李歐眼光銳利地四處勘查，生怕漏掉任何重要線索。

35

陽光已經從晨曦變為烈日，瓜田已經被遠遠拋在腦後，從上游往下尋找的李歐在這一路上所抓到的蜜蜂都是一般品種，並沒有採集罐中的特殊樣本。

「那是什麼？」

河邊一個黑色物體吸引住李歐的目光。

他涉水過去彎下腰從河邊的岩縫中撿起這個黑色背包端詳著，這個看起來是個學生背包。

「這會是他的東西嗎？」

他直覺想起昨天在醫院看到的那個年輕人。

李歐將背包拉鍊拉開，把裡頭的東西倒在地上審視著：髮膠、梳子、筆、太陽眼鏡、鑰匙……一本筆記本和一條繫著戒指的項鏈吸引了他的目光，李歐把戒指轉了一下，舉高戒指對著天空，指環裡面刻的幾個細字吸引了他的注意。

「原００1……這是什麼？」

李歐不解，皺著眉頭放下了項鏈。他打開尚未濕透的筆記本，裡面有一些老照片，看起來是一些家族的紀念照，但是其中有一張照片是幾個年輕飛行員在一架日本零式戰機前的合影，李歐不明白地翻來翻去看著。

「該死，字寫得那麼爛。上面寫的 MORI 是什麼？」

李歐暗自罵了一聲，順手將筆記本闔上，再把筆記本和「原００１」的項鏈放入自己背包內。

36

「嗡嗡嗡」的聲音吸引了李歐，一隻黑黃交錯的蜜蜂吸引了他的注意。

「是斥候蜂……」他的眼光隨著蜜蜂移動，他很清楚，現在這隻 8 字形飛舞的斥候蜂出現，代表著附近一百公尺內可能有隱藏的蜂巢。

「嘿，帶我回家吧！」

李歐緊盯著眼前的蜜蜂，隨著牠往河谷上方走去，在離河邊不遠的一處懸崖邊上看到了一群蜜蜂忙碌地飛進飛出。

「找到嘍。」李歐看著上方，再來就是要確定這些蜜蜂是不是他要找的品種。

李歐放下背包翻出手套，又掏出一件厚重的風衣穿上，隨即將帶著紗網的帽子從衣領內翻出套住自己的頭部，而孔目細小的紗網正好保護住自己的臉部和頸部。

「好熱，」李歐嘀咕著背起背包，手腳並用地沿著河岸往上攀爬到蜜蜂巢穴下方。巢穴中的蜜蜂似乎已經察覺出他的來意，成群圍繞在他身邊嗡嗡作響蓄勢發動攻擊。

「不要動……」他從包中拿出一支長捕蟲夾和採集罐，準備捉幾隻蜜蜂回去研究。他手中的捕蟲夾慢慢靠近蜂巢尋找適合目標，被捕蟲夾激怒的蜜蜂則是發出「嗡嗡嗡」的聲音閃躲著夾子。

「有了！」李歐慢慢將長夾子收回，只見夾子的尖端夾住一隻蜜蜂，這隻蜜蜂只能徒勞無功地掙扎著。

「ＯＫ……」李歐打開採集罐後將蜜蜂放入觀察。在瓶內爬上爬下的蜜蜂有著粗壯的下顎、肥大的肢節，以及更長的觸角，李歐心裡明白，這群蜜蜂不同於其他蜂類。

「這窩蜜蜂會是變種嗎？又是什麼原因導致突變？」

李歐捏著採集罐看著這一窩蜜蜂沉思著。忽然背後一陣巨大的「嗡嗡」聲傳來。

「什麼東西？」

李歐訝異地轉回頭，只見到一隻巨大無比的蜜蜂正在他的眼前。不，應該是個長得像人又像蜂的怪物，正在相隔離不到三公尺的地方瞪著自己，巨蜂龐大的複眼中反射出無數李歐的影像。

「該死！」李歐大喊。

毒蜂伸出尾刺衝過來，眼前這根尾刺看起來是那麼銳利與巨大。

李歐不作他想，轉身就向著前方的河流一躍而下。一陣緊扯，李歐背後的背包被一股巨大的力量扯落，隨即感覺到一根長長的細針刺穿他原本用來防蜂螫的特殊長褲，大腿傳來一陣刺痛，他的眼前一片暈眩。

「啊……」李歐一聲慘叫。

「砰」一聲水花四濺，李歐緊握著採集罐落入下方河中，而刺中他的毒蜂人則是張開羽翅在半空中停滯著，巨大的複眼看著昏迷的李歐被河水沖往下游。

37

毒蜂００１號在螫傷了李歐後，搧動著複翅沿著河谷低飛越過了中央山脈來到恆春。毒蜂人低頭望去，只見台、美旗幟正在海岸指揮部飄揚著，台灣軍官裡間雜著幾個美軍軍官正指揮著大規模反登陸作戰演習，各式火炮聲隆隆不絕於耳。

墾丁雷達觀測站中「嘀……嘀……」的聲音，和螢幕上忽亮忽暗的光點，讓原本無所事事的觀測兵嚇了一跳，觀測兵疑惑地監視著螢幕上的不尋常光點。

「奇怪……」他用手轉了幾個旋鈕加以調整，但是這個光點不但沒消失反而持續閃爍著，光點的軌跡在螢幕上形成不規則的前進動向。

最好還是報告一下，監測兵心想。他轉頭四處找著排長，一旁的中士看著監測兵的動作，監測兵張開嘴巴不出聲地對著中士詢問：「排長在哪裡？」

中士嘴一努比向後端機房的位置。監測兵推開機房，在角落中找到了坐在地上打鼾的排長，他的手上還拿著一堆資料。

「報告排長！」觀測兵推了一下排長。

「嗯？怎麼了？」排長在幾秒鐘內立刻以清醒面貌看著觀測兵，就好像他睡著的這件事情從未發生過。

「請您過來看一下好嗎？」班兵小心地指了一下外面。

「等一下，我先收好資料，你先出去。」排長不耐煩地揮揮手。

不一會排長來到觀測兵的身後，看著雷達螢幕上的移動光點，原本覺得小題大作的排長轉為緊張的口吻問著觀測兵。

「嗯……空域中現在有自己人嗎？那會不會是OD-58戰搜直升機？」

「現在應該不可能有任何飛行器在火炮範圍內。而且這個大小有點像是滑翔翼，或是輕航機，但是上下左右移動的速度很快，這一點滑翔翼或是輕航機根本也辦不到。真不知道是什麼東西，會不會是那種廣告用的大型空飄氣球？排長你看，這玩意正朝向外海飛去。」觀測兵小聲說著。

排長抬頭看一看四周，觀測主任正坐在隔壁辦公室裡喝茶看報，排長低下身壓低聲音告訴觀測兵。

「就當沒看見，不要給大家惹麻煩，知道嗎？」觀測兵會意地點點頭，動手將螢幕轉到別的頻道並且按下刪除鍵，剛才的觀測記錄「嘟」一聲全部消失無蹤。

排長讚賞地拍拍觀測兵的肩，「不錯，很上道，這樣做就對了，演習完後會多放你兩天假。」

「謝謝排長。」觀測兵識趣地回答。

毒蜂人在高空用複眼記錄了演習狀況後繼續往南飛，在兩個小時的盤旋偵查之後，毒蜂人發現了美軍第七艦隊「小鷹號」航空母艦的蹤影。

「有了！」毒蜂００1停滯在半空中，藉由雲層的掩護觀察著一千呎下方的航空母艦動態。

「現在飛機都變成這個樣子了嗎？」毒蜂００1懷疑地看著，他沒看到自己熟悉的螺旋槳艦載機，只見到飛行甲板上的噴射戰機發出巨大的噪音來回起降進行著訓練。

「我們究竟過了多少年？」

一種不安的情緒影響著毒蜂人，他甩甩頭試圖忘記這個問題，巨大的複眼發出一種頻率光，透過影像複製將這些他從沒見過的事物記錄下來，然後振翅在雲層的掩護下向著台灣飛回。

38

遠方傳來羽翅種昆蟲的獨有聲響吸引了鳥類的注意，幾隻台灣藍鵲振翅飛出往前尋找著美味佳餚，但是毒蜂人的飛近嚇得這幾隻藍鵲以及整個森林的鳥類紛紛遠颺逃命，驚慌的鳥叫聲打破了樹林中原有的寧靜。

「好甜的味道……」

一股甜味吸引了毒蜂００１的注意，饑腸轆轆的他停下翅膀降落在河邊審視著一個黑色背包。

「是剛才那個笨蛋的吧？」

毒蜂人毫不客氣地扯爛背包，一堆東西掉了出來，他剛才聞到的甜味來自於一包已經拆封的巧克力豆。毒蜂人撕開包裝將巧克力豆一股腦倒進自己嘴裡，巧克力豆香甜的滋味讓他吃得嘖嘖作響，感覺意猶未盡。

「不錯，真不錯。還有什麼？」

毒蜂人翻弄著背包，他長滿細鱗的手打開一個筆記本，幾張照片掉了出來，是一張張神風特攻隊的歷史照片，毒蜂人停下動作注視著照片。

零式戰機飛行、新竹基地……一陣混雜的訊號瞬間傳入毒蜂人的大腦之中。毒蜂人腦中一團混亂，他甩甩頭逐頁往下翻，此時兩張照片讓他停了下來。一張照片上是雪子和阿森抱著一個新生兒的照片，另一張是雪子和阿森合影的照片。毒蜂人表情迷惘地看著照片。

「這些畫面好熟悉……」

毒蜂人站在溪邊猶如雕像般木然不動，過了一會兒，毒蜂００１起飛，沿著河流試圖搜尋跌落河裡的李歐。

39

奔流的河水在下游有個轉折，原本湍急的激流到了這一大片岩床上也緩了下來，只見昏迷的李歐卡在河岸交界的岩縫之中。

「拉起來吧！」一個中年人看著泡在河裡昏迷的李歐說。

「是。」幾雙手拉起了河中的李歐。

「喂！哈囉？」

臂上傳來的一陣刺痛讓李歐緩緩睜開眼睛，他轉過頭只見有人正在幫他注射針劑，另外有個女孩注視著自己。

李歐連開口阻止注射的力氣都沒有，他勉強抬頭看著圍在他身邊的這幾個人。一個中年男子蹲下身，從李歐的手中將他一直緊握的採集罐拿下來，仔細端詳著裡面的蜜蜂。李歐大腿傷口不斷傳來火燒般的疼痛感覺，他吞了口口水轉身側躺下來。

「先生，」中年男子開口用英語問李歐：「這個採集罐中的蜜蜂是在那裡抓到的？」

李歐不想回答，乾脆舉起手用手肘遮住自己的臉部。

「先生，或是我應該稱呼你李歐先生？」

一個清脆的女子聲音傳來，李歐心頭一震，放下手看著這個蹲在自己眼前的女孩。

這個女孩穿著一件多功能外套，但是掩不住她玲瓏有致的身材，一頭秀髮加上一雙東方女孩特有的丹鳳眼、細緻的五官，女孩看起來相當亮麗與自信。

「李歐先生？」女孩對著他微笑一下。

李歐詫異地看著女孩，一臉「妳怎麼知道我是誰」的神情。

女孩彷彿瞭解地笑了一笑，對著李歐展示了他原本藏在外套內袋中的護照、小型貝瑞塔手槍，和防水式全球定位系統手機。

「你的衣服在我們把你拉上岸時扯破了，希望你不要介意，我是明日香。」女孩微笑地伸出手看著李歐。

「我是李歐。」

李歐皺了一下眉，心想真不該帶著那些鬼玩意出門的。他暗嘆了一口氣，伸出手和明日香握了一下。李歐轉頭看著其他人微微點頭致意，眼光注意到他們隨身攜帶的東西。那些箱子和提袋提醒李歐，如果只把他們當成一般遊客，那就真的大錯特錯了。

「這些都是我的夥伴。」明日香也隨著他的眼光看了一下其他人，「李歐先生，你能告訴我們，你在哪裡發現這隻蜜蜂的嗎？」

李歐發現明日香的英語帶著一點英國腔。

「就在這條河的上游，我不能確定有多遠……應該是有一段距離，能將我的東西還給我了嗎？」李歐語帶保留地說。

「我想這一點現在可能還不行。」中年人滿臉嚴肅地回答。

「為什麼？這些是我的東西。」李歐有點生氣了。

「我想有些事情還沒解決之前，我們必須扣留你和你的這些東西。」中年人看著李歐一字一字清楚且緩慢地說著。

「你們是誰？」李歐冷靜地反問。

「我是木村。我們先幫你將大腿上的刺取出好嗎？這根毒刺如果不快點處理，相信一定會對你造成影響。」

中年人對著一旁的年輕人喊了一聲比了個手勢，「荒川，過來處理一下。」年輕人從背包中拿出一些醫療器材，準備拔出李歐腿上的刺。

「這會有點痛，請忍耐。」年輕人將李歐的上半身翻過來讓大腿朝上準備拔刺。

「嘿！」李歐想出聲制止，一隻柔軟的手壓住他的肩膀。

「相信我，這不會痛的。」明日香微笑地安慰李歐。

「啊！」李歐大叫一聲，一旁的荒川將李歐大腿的刺給硬生生拔下來，李歐痛得眼淚都掉出來了。荒川處理好李歐的傷口後，起身將拔出的硬物交給中年人。

傷口傳來一種處理過後的疼痛，但是已經不像剛才火燒般的感覺，李歐看著木村將黑色硬物拿在手上左右觀察著。

「你知不知道自己是被什麼東西攻擊？」木村順手將東西交給了李歐。

李歐端詳著手上的這根硬刺。這是一根長約十公分、直徑不到一公分、黑色、中空、表面覆蓋了一層黑色細鱗毛的針狀體。從質感上知道這是一個有機的天然產物，長得有點像是蕨類的幼芽，但是這個東西和攻擊他的那個「怪物」是真的沒有辦法聯想在一起。

「我不知道。」李歐搖搖頭。

木村看著李歐猶豫了一下，「你是不是被一種超大型的蜜蜂給螫了？」

「啊？」李歐想起剛才毒蜂步步進逼，那碩大的複眼上都是李歐的反射影像。

「嚴格來說，叫牠們『毒蜂人』可能更適當。」木村看著李歐說道。

「毒蜂人？」

對了，李歐想起來了！嚴格來說，攻擊他的不能算是真正的蜂類，除了頭部和尾刺之外，其實那是人類。一個蜜蜂和人類的混合體。

「毒蜂人……」李歐喃喃自語地說。

「嗯……我們現在也不知道什麼原因，但是六十年前二戰中一個可以說是已經失敗的計畫現在被重新啟動……」

「隊長！」旁邊一個年輕人警覺的喊住木村，看來木村已經說太多了。

「沒關係。」木村向著年輕人揮揮手繼續說，「所以如果資料沒有記載錯誤的話，剛才攻擊你的就有可能是『毒蜂人』。」

李歐試圖集中思緒，他搖搖頭，可惡，腦袋現在一片混亂。

他努力想釐清這詭異的一切：從一個年輕人遭螫住院開始，到他採集到一種全新品種的蜜蜂，再加上他剛才被「毒蜂人」螫刺受傷，還有這些日本人的突然出現，絕對不是巧合，這其中必然有某種關聯性。所有零碎的資料在李歐腦海中快速拼組著，想要結構出一個說得通的脈絡。

「你還好嗎？」明日香看著李歐輕聲問道。

「你們究竟是誰？你們是幹什麼的？」

李歐掙扎地想起身，突然聽到「喀嚓」聲，李歐本能地停下不動。

木村拿著李歐的手槍瞄準著他：「李歐先生，我們是日本生命科學研究所的小組，是專門研究基因和人類突變的影響，而且這方面的研究也已經超過六十年了。坦白告訴你，我們是來找回我們在二次大戰時留在台灣的一些實驗變種人。」

木村看著李歐冷冷說著，明日香的笑容剎那消失。

「變種人？」李歐訝異地問。

「是的。」木村看著李歐微微點頭。

李歐回想著那個螯了他的怪物身上的穿著，真的是二次大戰的日本軍服。那個怪物居然是軍人！李歐不敢置信地望著這群人。

你們在那個年代究竟幹了些什麼好事？李歐的腦海閃過這個念頭，我現在是不是知道太多了？一連串的問號讓李歐不自覺地僵硬起來，眼前的危機看起來似乎已經無法避免。

「那你們現在想怎樣？殺了我嗎？」李歐懷疑地看著木村。

眾人互看了一下。

「不會！因為有人掌握了你的行蹤，我們不可能動你，美國中央情報局台北站的李歐探員。」木村說道。

可惡，原來你們也是情報單位。李歐感覺自己被耍了，他不管眼前的威脅，站起身來看著木村和明日香。

「那可以放我走了嗎？」

「李歐先生，我們現在需要你的幫忙，不然你們的部隊一定也會陷入危機之中。」明日香口氣急促地說著。

李歐不相信，這太牽強了。難道只因為自己被毒蜂人螫過就必須受你們的擺布嗎？除非你有更重要的理由能夠說服我。

李歐深吸一口氣，進一步詢問：「要我幫忙可以！但是必須告訴我整個事實經過，不然沒什麼好說的。」

水聲嘩嘩地穿過岸邊往下流去，除此之外，就是偶爾飛過的烏鴉叫聲打破了這沉重的寧靜。李歐正在等著木村、明日香，或是其他任何一個人的回答。

木村眼中出現猶豫的神色。

「其實對我們來說，這是一段我們一直不想提起的歷史。在二戰末期，我們透過基因改造的方式，成功的培養出一批毒蜂人，他們的角色有點類似日本古代的忍者或是刺客。他們本身具備有毒蜂的一切能力，也具備有軍人的體能和戰技，他們唯一的任務就是以本身的力量飛過巴士海峽，前往菲律賓刺殺麥克阿瑟元帥。這個做法是希望能讓美軍指揮系統瞬間瓦解，讓日本有機會再次反攻。這下子你明白了吧。」
李歐看著木村說不出話來，明日香則是詫異地看著木村。
看來當年他們幾乎要成功了。幾乎。李歐心想。
「那為什麼後來沒有執行這個任務？」李歐問道。
「因為實驗出了問題。」木村乾脆地回答。
「什麼問題？」李歐追根究柢地問。
「他們去一趟菲律賓，不只是希望殺一個人而已，也希望透過生化戰的方式多消滅一些敵人，這樣去才有意義。沒想到在裝填化學武器時容器不慎破裂，全部官兵當場殉職，所以這個計畫才會停止。」
「等一下、等一下……你說全體官兵當場殉職，那為什麼這些毒蜂人還能活著？」李歐追問著木村。
「我們只能推測當時的狀況，主要原因是溫室。所有毒蜂人是在溫室中培養出來的，溫室和一般工作場所有完全的區隔，所以他們沒受到影響。加上毒蜂人從蛹孵化後大約就只有七十二小時的壽命，所以前端工作未完成之前，是不會讓他們孵化出來的。實驗出問題的同時，有官兵切掉了溫室的控制開關，也就停止了一切運作。不過現在很清楚的就是，事隔六十年後不知道什麼原因，他們已經破繭而出，準備去執行任務了。」木村看著李歐。

「現在沒有麥克阿瑟啦，他們要執行什麼任務？」李歐覺得有點莫名其妙。

「殺掉美國人，只要是美國軍人就是他們的攻擊對象。你也知道現在台灣恆春和台東有多少美軍，你說現在該怎麼辦？」

沉默持續了好幾分鐘，李歐細細思索著木村的說法。

他心想如果這些解釋能成立，那麼剛才螫我的就真的是所謂的毒蜂人；而如果這些毒蜂人的首要目標就是消滅美軍的話，那麼海豹部隊和觀察團就真的有潛在危險了。李歐的眼神蒙上一層擔憂。

「如果這些都是事實的話，我現在必須和台北聯絡。」

「對不起，在整件事沒有確定之前，我們不能讓你和任何人聯絡，請你見諒。」木村淡淡地看著李歐。

「咦？」李歐詫異地看著木村，當下他也隨即會意過來，大家都是屬於情報單位的特勤人員，有些事情是不用說出來的，一說出來反而會讓對方看扁自己。

「你們打算怎麼做？找到他們然後帶他們回日本嗎？就像你們從幾內亞發現老兵以後帶回去嗎？」

「沒錯。不過，我們現在的當務之急就是前往你被螫的地方找出毒蜂人，我們已經研發出解藥，我相信這可以幫助他們回復人形。」木村解釋著。

「你們有解藥？」

「嗯。」

「是嗎？」李歐半信半疑地看著木村。

李歐心想基因改造不是個小工程，雖然以現在的生物科技而言，想要改變一些生物的基因序列不再是天方夜譚，但是要將已經改變的基因再轉回正常，實在是有點離譜。這就像你把一隻現代的雞變回史前時期的霸王龍一樣，這是一件非同小可的事情。看起來日本還是有很多正在祕密進行的事情，而美國居然都不知情，駐日本特勤人員應該要再加強偵搜了。

「你還好吧？我們可以走了嗎？」明日香關心地問著李歐。

不管李歐願不願意，看起來情勢都必須如此，李歐只希望雷蒙不要在這個時候聯絡自己。

李歐嘆了口氣點點頭，掙扎著站起身。

「走吧。」

40

滿載排水量八一一二三噸的美國傳統動力航空母艦小鷹號，搭配著四十八架 F-18 雙引擎多用途戰機、八架 E-3C 偵察機，以及為數不詳的 A6E 入侵者式攻擊機，正在巴士海峽往西航行。

這次小鷹號的任務是作為代號「紅日〇八」的美、日聯合演習中的一部分。「紅日〇八」主要是因應一九九六年台海危機後所設計的兵演訓練，用意在於美國介入台海戰爭時，日本於後援補給及非軍事支持上的共同演練。小鷹號航母艦隊計畫從日本橫須賀港出發，由沖繩及台灣東方海域南行，往西駛入巴士海峽後，再穿越台灣海峽北返橫須賀基地。所以即使中國強烈提出抗議，小鷹號航母艦隊仍以每小時六到八節的速度緩慢地從沿著台灣海峽向北行駛。

在毒蜂人的複眼上，清楚地呈現恆春地區美軍參與演習的實況，也呈現出美軍小鷹號穿越巴士海峽的景象，神盾級指揮巡洋艦藍嶺號及護衛艦圍在小鷹號附近，擔任警戒與巡邏任務。

中島大校看著毒蜂人所帶回的小鷹號航空母艦影像沉默思考，其他毒蜂成員站在一旁。

「嗯……我現在的判斷是，戰爭仍然在繼續著，而台灣已經被米軍和國民黨軍占領，不再是日本的領土。支那的國民黨政府已經和米軍聯手，米國航母正準備北航前往攻打東京，所以，要馬上執行『原爆001計畫』，來報答天皇的栽培。」中島大校充滿怒氣地說著。

「明天上午八點執行攻擊任務，將米國艦隊一舉消滅！」中島大校大吼：「消滅米國！大日本帝國萬歲！」

眾人一起舉手大喊，聲音迴盪在山洞之中。

「有米國兵的味道……」中島大校停下來回望著洞穴入口。

41

幾個人蹲在洞穴的入口，大胖一面用手電筒照射著山洞的內部，一面以手圈住嘴對著山洞喊著：「陳建鴻！吳尚如！你們在裡面嗎？快點出來。」

美軍士兵艾力咬著駱駝牌香煙，拿著數位相機對著山洞拍照，而刀疤佬則在一旁檢視著吳尚如和陳建鴻遺留在洞口的東西。

「嗯，這應該是二戰時期所挖的防空洞，因為美國當時用轟炸機對台灣進行大規模轟炸，我想這個應該就是當時留下來的吧。」翻譯官對著史考特說。

「媽的，真的跑進去了，這兩個傢伙有病啊。」刀疤佬邊翻著東西邊罵。

「現在怎麼辦？」翻譯官看著黑黝黝、深不可測的洞穴。

「怎麼辦？進去看一看啊，集合。」刀疤佬沒好氣的說。

「要不要找人支援？」翻譯官小心地問著，畢竟刀疤佬對這種事情的經驗遠超過自己。

「好啊，等我進了明德管訓班後，你申請我出來當你的支援，好嗎？」翻譯官識相地閉上了嘴。

刀疤佬看了翻譯官一眼，回過頭看著眾人。

「陳建鴻和吳尚如現在有可能就在這個防空洞裡面。他們在裡面幹什麼我不管，也不想管，我現在唯一要做的就是把史考特的槍拿回來，然後把那兩個混蛋送軍法。就是這麼簡單。所以進去的時候如果看到吳尚如和陳建鴻就立刻抓出來，不管是生是死，知道嗎？」

「知道！」

眾人齊聲點點頭，刀疤佬轉過頭看著翻譯官和兩個美軍士兵。

「你們要來嗎？」刀疤佬問著。

「想去嗎？」翻譯官轉頭詢問，兩個美軍士兵興奮地點頭。

「Sure, it's fun!」

「我就算了吧。我在外面等你們。」翻譯官皺著眉，表現出不願意參與的表情。

刀疤佬點點頭，打開手電筒帶頭走入山洞中，美軍也隨後端著 MP5 步槍跟著往下走去。

42

一種因為氣溫升高所引起的反潮與腐爛的氣味在河邊散發著，眾人沿河往上尋找著李歐被刺落水的地點。

現在的李歐被這群日本人有意無意地圍在中間簇擁著一直向前走，李歐心知肚明，這是防止監視目標有任何閃失的做法，當然他也成為了同心圓中的靶心。

李歐無言地跟著木村的腳步，但是腳上不時傳來的刺痛與不適還是讓他滿頭大汗。

「腳還好嗎？」木村的口氣聽起來是懷疑多於關心。

「還好，謝謝。」李歐其實痛得要命。

李歐盡量讓自己的回答聽起來輕鬆，其實除了木村之外，周遭每個人彷彿對於他受傷這件事情都視而不見，看起來也不會因此而放慢腳步。

李歐自己清楚知道，疼痛訓練是特勤人員的必修課程，幹這一行就要有這樣的體認，而這個原則是放諸四海皆準，相信這些日本特勤人員也知道，所以李歐選擇默不吭聲忍耐著。

「這裡距離我們拉你上岸的地方已經超過五公里了……」明日香看著手上的GPS小聲提醒著李歐。

「是嘛？」李歐馬上瞭解她的意思，在心中盤算著。

「根據水流速以及你身上裝備的潮濕度……我指的是你身上的槍……」工藤對著李歐用手比了比槍的形狀，轉頭想請木村代為翻譯。

「所以？」李歐雙手一攤用日語回答。

「你懂日語？」明日香有點吃驚。

「學過一點。」李歐不看她而望著工藤回答。

「嗯……你雖然有穿外套，但是你手槍的槍管還沒進水，所以這樣算起來，你跌落水中的時間應該不會超過四十分鐘，以河流流速和時間的相對關係來算的話，你落水的距離應該是在我們發現你的地方約四到五公里左右。」工藤一本正經地說著。

這和李歐估算的相距不遠，但表面上他裝作壓抑住吃驚的樣子，不想讓這些日本特勤人員摸透他的想法，這樣才有機會趁他們對他鬆懈時逃脫。不過看起來似乎不容易，這批日本特勤人員裡看起來臥虎藏龍。

「是吧，應該就在附近不遠了。」李歐故意嘆了口氣邊走邊說，木村一行人默不出聲隨行在旁。

「停一下。」突然木村拉住李歐停下，只見木村表情警戒地抬頭往天空看去，他回頭右手一揮要大家就近尋找掩蔽。李歐此時也隱隱約約聽見了遠方天空傳來的直升機聲響。

「直升機。」明日香冷靜的聲音。

「找掩蔽！」木村一聲令下，眾人四下分散尋找掩蔽處，此時卻忽略了李歐，讓原本處於核心的他四周一下子空了下來。

現在是逃脫的最好機會，李歐正準備從預想的方位逃離。

「從這邊走。」明日香溫暖的手一下拉住李歐。

「妳……」李歐怔了一下，他略微握緊明日香的手隨著她躲到一顆大岩石下。

「轟隆隆」的聲音由遠而近，只見到 OD-58 戰搜直升機低空掠過樹梢，直升機巨大的噪音驚起一堆鳥兒「吱吱呀呀」聒噪地飛向雲端。

而直升機螺旋槳帶來的強勁氣流也讓河床一時之間飛沙走石，風沙刮得李歐眼睛幾乎睜不開。所幸戰搜直升機並未停留就直接飛走，木村等直升機飛遠後轉頭看著一名隊員。

「松本，你去前面看一看。」

木村指派了任務，只見這個叫作松本的年輕人放下身上的裝備拿起無線電，一溜煙地朝著上游快步走去。

「你會擔心嗎？你們看起來像是一堆觀光客，直升機對你們應該沒有興趣才對。」李歐以嘲弄的眼光看著木村。

「兄弟，你不是也用觀察員的名義在台灣做情報嗎？我們和你一樣，我們的身分和目的都不想被人發現，不就是這麼簡單嗎。」木村面帶微笑地又將了李歐一軍。

「混蛋！」李歐心中罵了一句。

木村的無線電響起，他掩住話筒聽著報告。

「現場有藍軍，OVER！」

木村微微皺著眉思考，松本的聲音聽起來應該是在一個安全距離外所觀察到的狀況。

木村又按下無線電通話按鈕。

「現場有幾個人？」木村說。

「嗯……大概十個人左右，現在大都已經進了山洞，外面只剩下一個軍官在抽煙。」

「收到。」

「大家準備，先換衣服。」木村轉過頭對著眾人吩咐著。

李歐看著眾人從背包中拿出日本二戰軍服穿上，連明日香都綰起頭髮換穿起一套軍官的制服，不過從包到緊繃的胸部來看，這件軍服很顯然是臨時弄來的，而不是為了明日香專門訂做。

「你們在幹嘛？」李歐不明白他們的舉動。

木村扣上軍裝上的扣子後，對著李歐擠出了一個厭惡的笑容。

「嗯……我們如果想要毒蜂部隊解除任務，就必須由『蜂后』下達指令，而所謂的蜂后指的就是當時隊部的最高指揮官，所以這種打扮是不得已的。這樣你知道了嗎？」

「這樣有用嗎？」李歐口氣中帶著高度懷疑。

木村不想理會李歐的詢問，轉過頭對著其他人下達指令，「進行檢查裝備。攝影機訊號？」

「報告，訊號正常。」明日香的視線從鋁箱內的小螢幕移開、她對著木村點點頭。

突然「啪」一聲，一把迷你型的烏茲衝鋒槍從工藤的背包中掉了出來，眾人盯著他。

這時李歐一下子會意過來，看著木村，「你們根本不想救他們，你們打算要殺了他們是吧！」

李歐問著木村，木村轉過頭看著李歐：「李歐，你知道嗎，我最痛恨看美國電影。因為在美國電影裡，往往主角死之前都會不斷廢話，一堆廢話。美國人怎麼會那麼愛嘮叨呢？

你能夠告訴我嗎？」

「什麼？」

木村不等李歐回答，瞬間一個手刀就向著李歐的頸部劈下，李歐當場暈了過去。

「綁起來丟到旁邊去，等一下再來解決這個愛廢話的美國佬。」木村交代隊員。

隊員七手八腳地將李歐綁起來藏在一旁的草叢之中。

「把他的手機先拿出來。」木村命令著。

工藤從背包中拿出李歐的手機，李歐的手機還是持續發亮著。

木村拿出一個小型電子儀器對著李歐的ＧＰＳ手機開啟訊號，「嘟」一聲，李歐的手機訊號就被成功破解。木村熟練地按下幾個鈕，李歐手機的訊號燈再次亮起，不過木村很清楚，現在在總部的監測儀上，李歐正以步行的速度朝著北方前進。

「李歐要回台北去嘍，」木村開玩笑地轉頭看著昏迷不醒的李歐。他起身走過去拍了拍李歐的肩膀，「不過你說對了，他們本來就不該活。」

43

隨著地道不斷往下，四周也傳來地道獨有的潮濕氣味，不過刀疤佬一點都不擔心，相對的，他還越來越覺得有更大的把握，因為現在看起來根本是甕中捉鱉。他心想，等一下不但能把槍取回，對這兩個美國大兵有所交代之外，最重要的是只要能擺平翻譯官和營長，那自己明年的升遷應該不會受到影響。

此時忽然有一個想法湧上刀疤佬的心頭：我抓到這兩個混蛋後第一件事情要做什麼？一巴掌打過去嗎？

刀疤佬克制不住自己的想法，用力握著拳頭，把指頭骨節捏得「喀喀」作響，他心中的憤怒已經超過了他能忍受的範圍。這兩個傢伙送軍法還不足惜，最好都被關個三年五年，才能平復自己在這之前一段時間內所受到的屈辱。

「排長。」大胖小聲地喊著他。在他胡思亂想中，一群人已經順著階梯往下來到鐵製大門前，刀疤佬回過神看著大門盤算著。

「排長，這個防空洞弄得還滿好的。」大胖低聲的說著。

「嗯。」刀疤佬隨便應了一聲。

這群人根本沒有意識到所謂「日軍寶藏」這件事，可能他們連聽都沒聽過。刀疤佬現在念茲在茲的，就是如何取回史考特的配槍和修理這兩個混蛋，這兩件事情對他來講才是當務之急。

「你，左邊。你，右邊。盡量抓活的，知不知道！」

刀疤佬小聲交代著任務，好像擔心陳建鴻和吳尚如正躲在門後偷聽他們的對話。

「沒準兩個人正在裡面互玩菊花哩。」另一個班兵阿銘忽然無厘頭地接了這句話。

「哈哈哈……」班兵全都小聲地笑了出來，連刀疤佬嘴角也動了一下。

「你們在說什麼？」不懂中文的史考特用英文好奇地問。

「Fucking asshole.」大胖接了一句。

「什麼？」史考特有點惱怒。

「沒事，兩個人，fucking asshole。」阿銘邊說邊用手比了一下男人大概都知道的淫穢動作。

「真的嗎？」史考特和艾力也曖昧地笑了出來。

「別廢話了。準備好，一、二、三，走！」

刀疤佬伸出指頭比了個手勢，班兵用力拉開門衝了進去。

「陳建鴻，吳尚如，給我滾……」

刀疤佬大吼。不過他的話尚未說完就卡在喉頭，他不敢置信地看著眼前：只見一個大山洞中，一個身穿二戰日本軍服的軍官坐在中間的椅子上，手扶武士刀看著眾人。所有人都詫異地看著眼前的景象。

「我的天啊，真是不可思議！」

史考特喃喃自語著，他已經忘了自己下來找槍的目的，他轉頭左右四處看了一下，丟在地上的老舊日式步槍、二次大戰樣式的防毒面具、一堆非常老舊卻有著「新」彈孔的機器設備，再加上眼前這個男人的穿著……這如果不是精心設計過的場景或是一場騙局的話，那麼這個山洞很可能是一個報廢已久的祕密作戰基地。

史考特防禦性地退了一步，踏出腳時感覺地上軟軟的，好像有什麼東西曾經灑在地上。史考特用腳踢了一下，傳來一股刺鼻的新鮮血腥味讓他提高了警覺。

「有問題……」他心想著。

他也注意著眼前的這些台灣部隊的士兵，這些傢伙除了表情看起來搞不清楚之外，每個人都好像不把這一切當一回事。你們的鼻子都有問題嗎？你們這些台灣人都不覺得現在有危機嗎？

史考特悄聲扳開了 MP5 衝鋒槍上的槍機保險鈕，轉頭和艾力兩人互看了一眼，艾力點了點頭也稍微往後退了一點，這個動作讓史考特更加確認自己的判斷沒錯。

不管如何，先送畫面回去再說。史考特想。

史考特趁著大家不注意時，伸手撥開頭盔上的某個彈簧金屬片，那是隱藏式衛星攝影機上的按鈕保護蓋，他手指用力按下彈簧片下的紅色傳輸鍵。

執行這個動作的時候史考特很清楚，根據部隊的教戰守則，沒有重大訊息時是絕對不能按下傳輸鍵的，除非是有重大情報或是面臨危險、死亡威脅時才准許使用，而現在的情況絕對符合上述條件的任何一個。

史考特心想，現在只能靜觀情勢會如何發展了。

就在艾力、史考特和這群台灣士兵注視著眼前這詭異的一切時，沒人發現身後的鐵門被悄聲地關起來，門上方一隻長滿細鱗的手靜靜伸出將鎖扣上後，又無聲抽回離開。

二十秒後，在六十公里之外，「嘟」的一聲，一個紅點在衛星接收器的螢幕上閃爍亮起。

44

恆春半島鵝屏公路往南，過車城後距離核三電廠不遠處的關山，以「關山夕照」而列為墾丁著名景點之一，這裡也是墾丁半島最高的位置。在這裡可以不受遮蔽地看著台灣海峽的落日，而來墾丁的旅客大都會順道欣賞此一美景。

十四人座的灰色福特商務車毫不起眼地停在停車場的一隅，如果硬要說這一台商務車有什麼特別之處，就是這台車有著比其他車略長的接收天線，除此之外，就是在側門上方位置有著一片大約五公尺見方、銀色材質、類似遮雨棚的架子，而兩個穿著夾腳拖鞋、海灘褲、花T恤的老外傑克和克里斯正坐在棚下。

克里斯一邊喝著咖啡一邊無聊地翻閱過期的雜誌，而他的同梯傑克則是歪著頭熟睡著。從任何角度來看，這兩個老外看起來就是開著露營車四處瞎晃的外國青年，或是墾丁台妹的獵豔者。

從車內傳出的「嘟嘟嘟」急促訊號聲讓克里斯嚇了一跳，手上的咖啡有些濺出來潑在自己衣服上。

「搞什麼？混蛋！」

克里斯邊罵邊摔下雜誌，順手抓起一疊面紙擦著自己的衣服，轉過身去看著車內，而傑克還是呼呼大睡。

克里斯將擦過的面紙隨手一丟，轉回頭用腳踢了踢傑克的躺椅。

「傑克？」

沒想到傑克居然翻過身去換個姿勢，克里斯伸手搖了搖傑克。

「嗨，傑克，警報響了！」

「嗯……」傑克迷迷糊糊應了一句繼續熟睡著。

「狗屎！」克里斯罵了一句，他這時候真希望能夠一腳把傑克踢進台灣海峽，省得自己每天都要面對這個永遠睡不飽的傢伙。

「算了。」克里斯自言自語地打開車廂走進去後順手鎖上門，只見原本可以坐到十二個人的寬敞空間裡塞滿了一堆通信器材，車內現在的裝置有點類似台灣滿街在跑的ＳＮＧ轉播車，只不過這是一台美軍專用的超高頻無線衛星訊號接收車。

克里斯環顧四周注視著一整排約二十多個頻道的衛星接收螢幕，尋找著訊號來源。

「有了。」克里斯伸手將「嘟嘟嘟」的訊號聲音切掉，看著螢幕下方的標示。

是海豹部隊。

這個發射訊號是來自海豹部隊的斥候班。克里斯皺起眉頭，他突然想起之前軍事月刊上的一篇報導：〈台灣？另一個巴拿馬？〉。他印象中記得報導上提到台灣軍隊的素質其實跟巴拿馬軍隊差不多，如果這篇報導屬實的話，那跟台灣部隊攪和有什麼需要錄影的？不過算了吧，還是依照工作程序把這些影像錄下來，畢竟自己每個小時領五角大廈一一五美元，做這點事情應該還是可以忍受的。

克里斯拉開椅子坐了下來，熟練地切了幾個按鈕，電腦螢幕上紅燈亮起，機器進入了「錄影」模式，一切準備就緒。不對，現在還少一個東西。

沒有音樂，就沒有生活。

尼采說的吧？這麼重要的東西怎麼可以忘了呢？克里斯想著隨即伸手打開車內音響，吉米．罕醉克斯的迷幻搖滾吉他聲從喇叭中傳了出來。音樂是最好的興奮劑，他現在就只希望今天的畫面會有趣一點，克里斯不想讓這些傳回來的無聊影像又害自己睡著。

克里斯將耳掛式耳機戴起，只聽到傳來一陣「吱吱喳喳」的雜訊，訊號斷斷續續傳回到螢幕上，只看到影像是不斷跳動著，他注視著螢幕，按著按鍵調整訊號。

克里斯心想，訊號怎麼那麼差？現在人是在隧道還是倉庫裡面？

模糊而且搖晃的畫面中，只看到幾個台灣士兵拿著槍指著一個坐在椅子上、穿著類似軍服的人講著話，而另一個海豹部隊的士兵則是端著槍，不時回頭看著鏡頭。其實應該是說這隻「海豹」一直回頭看著自己的同僚。

「搞什麼鬼？在演戲嗎？」克里斯納悶地看著畫面，他將頭靠近畫面注視著，就在他動手調整螢幕的畫質想要看得更清楚一點時，突然畫面上方有一個黑色物體一躍而過，這個物體還有著幾根長長的、黑色的東西，不過看起來現場沒有任何人注意到。

有埋伏？克里斯心裡閃過這樣的念頭，他突然有點緊張了，不過他知道以車上現有的裝備是不可能和現場的海豹隊員進行聯絡的，因為美國不想讓台灣知道美國正對台灣進行其他軍事偵搜，所以車上的裝備只能做到單向傳輸。

克里斯也很清楚，他們現在的活動是在極機密的情況下進行的，如果萬不得已，也只能冒著被發現的危險，將情報在第一時間內回報給夏威夷的美軍太平洋總司令部。不過，如果發出的是假情報的話，他和傑克就必須共同承擔起責任。

克里斯心知肚明，現在雖然只是演習，但是這種事情還是不能拿來開玩笑。上一次在韓國首爾，就有個傢伙因為類似的錯誤被迫退伍，最後甚至還被送軍法審判，克里斯知道這個事情的嚴重性，他的手微微冒出了汗。

「這只是演習，沒事的。」

克里斯安慰自己，不過他還是按照標準程序將左手移到了控制台的左上角，「啪」一聲撥開了一個獨立的保護蓋，將手放到了下方衛星傳輸的按鈕之上準備著。

「神啊，拜託祢！」

克里斯吞口口水緊盯著螢幕，他現在只祈禱自己在電戰資訊中心學的東西是錯的，他不希望會有任何嚴重的事情在此時此地發生。

如果克里斯的願望是一個賭注，那麼他在這個時候就已經賭輸了，因為接下來這十分鐘的影像是他這輩子見過最詭異、最殘忍的畫面，而這段影像會讓他在往後的二十年不時地從睡夢中驚叫而起。

45

懸吊在洞穴上面的燈泡因為忽然的電壓不穩而變得忽明忽暗，微弱閃動的光線中透露著一種詭異的顏色。現在洞穴中主要的照明，就是靠著這一小隊士兵頭上的ＬＥＤ頭燈，在白花花光線的照射之下，眼前的這個日本軍人看起來也是一片慘白，他手上的武士刀則是閃射出一種泛白的光芒。

「那兩個該死的不在這裡。跑掉了嗎？怎麼辦？槍拿不回來了。」刀疤佬第一時間想到的還是那兩個混蛋，和在洞口外等候的翻譯官。

「排長，這裡看起來怪怪的。」大胖靠近他小聲地說。

刀疤佬回過神來，打量著眼前這個傢伙和洞穴中的一切，雖然這洞穴透露著古怪，但是現在這些東西和他未來要面臨的危機相較，實在是微不足道。

「有什麼好奇怪的？沒聽過 COSPLAY 嗎？這個傢伙九成就是那種垃圾。」刀疤佬低聲訓斥著大胖。

他轉頭看著史考特和艾力，發現他們的焦點集中在眼前這個小丑身上，他腦中忽然閃過一個念頭：這個裝神弄鬼的傢伙肯定和那兩個混蛋脫不了關係，先把這傢伙抓回去，再想辦法逼問出那兩個混蛋的去向。

「你是誰？你為什麼這樣穿？在這裡做什麼？」刀疤佬以恐嚇的口吻問著眼前的日本軍人。

日本軍人不語，陰冷的眼光直瞪著站在最後面的史考特和艾力，刀疤佬順著日本人的眼光向後看，只見史考特和艾力已經端起槍放在胸前對準日本軍人擺出了射擊姿勢。

「媽的，跟你爸莊孝維啊！」刀疤佬轉回頭對著日本軍人吼著。

「喀啦」一聲，刀疤佬倏然端起步槍拉開槍機瞄準日本軍人。

「喀啦！喀啦！」的槍機聲響，眾士兵也紛紛拉起國造六五式步槍的槍機，對準了眼前的這個日本軍人。

「我再問一次，你是誰？你在這裡做什麼？我警告你，再不回答，我就要開槍了。」刀疤佬厲聲說著。

「你們是美國人對吧？」日本軍人看著後方的史考特和艾力，開口問了這麼一句。

「什麼？」刀疤佬聽不懂日語，他怔了一下。

「去死吧！」日本人又說了一句。

「什麼？」這一次刀疤佬確定眼前是個日本人，只是日本人在這裡幹什麼？

日本軍人右手一揮，突然從洞穴暗處滾出了兩個圓圓的、黑白相間的物體。

咕嚕、咕嚕，這兩個東西滾到刀疤佬的腳下。

「什麼東西？」

刀疤佬拿著手電筒往下一照，只見陳建鴻和吳尚如的慘白人頭就停在自己腳前，吳尚如的臉上還留著因為恐懼而張大的眼睛和O型嘴。這兩顆人頭正瞪著刀疤佬，眾人立刻大驚失色。

「殺了他！」刀疤佬怒吼地對著眼前的這個日本軍人扣下扳機。

「砰！砰！砰！」的槍聲響徹洞穴，所有人手上的槍幾乎同一時間都對著這個日本人掃射，槍口冒出的火花左右交織成一片火海，洞穴內所有的東西瞬間被射出的子彈全部打爛。但是刀疤佬清楚看到就在他開槍的同時，眼前的日本軍人以非常人的速度，一下躍入洞穴後方的黑暗之中。

「停火，停火。」

刀疤佬伸出手喊著要大家別再開槍了，煙硝之中，手電筒的燈光再次集中往前照去。

「人呢？」

只見滿地彈殼，前面一片狼藉，原本擺設的桌椅、器材都已經被打成一片蜂窩，但是屍體卻不在眾人預期的地方，也不在眼前的其他位置。幾個班兵驚恐地互看著，有些比較膽小的班兵等不及刀疤佬的撤退命令，已經開始緩步往洞口退去。

刀疤佬瞄了一下地上吳尚如和陳建鴻的腦袋，想起剛才日本軍人手上的武士刀。

「他們是怎麼死的？被武士刀砍死的嗎？」

刀疤佬鼓起勇氣再仔細看了一下，這兩人頸上的切割處又不是那麼平整，感覺像是被拉扯過。他猛然想起了在網路上看到的恐怖組織殺害人質的畫面——一刀一刀慢慢割下，加上人質不斷慘叫，殘忍程度讓人印象深刻，害得刀疤佬不自覺地吞了口口水。

「幹！」

他神情緊張、滿頭大汗地觀察著四周的動靜。有好一段時間，他覺得除了自己越來越急促的呼吸之外，聽不到任何聲響。

「好，聽我的命令，我們撤退，現在成撤退隊形。大家慢慢來，保持警戒，聽到沒有！」

刀疤佬的口令掩飾不了恐懼，那是一種來自未知的恐懼。他第一次覺得命在旦夕，連上次在營區外被一群人圍毆時都沒有現在這種感覺。

快點離開，越快越好，史考特恨不得拔腿就跑，但是「海豹部隊」的名號又不能讓自已被這些台灣兵看衰，他轉頭看著艾力，艾力的臉色也略顯蒼白。對於兩個剛加入海豹部隊不到三個月的新兵來說，砍頭這種酷刑真是嚇壞他們了，而最令人擔心的就是這行刑的兇手，還躲在這洞穴的某一處角落裡伺機而動。

「GO!」刀疤佬對著兩個人比了一下，說了這麼一句簡單的英文。

史考特和艾力如獲大赦地緩慢倒退，朝向門口走去，現在自己的配槍拿不拿得回來，對兩人來講根本就已經不在乎了，現在最重要的就是快點脫離這個鬼地方，剩下的交給其他人去處理吧。

「喀噠」一聲，鐵門絲毫不動。

「砰！砰！」大胖和阿銘使勁用力地推著大門。

「排長，門被鎖住了。」大胖的話中帶著哭音。

「怎麼會鎖住了？」刀疤佬又氣又急。

「不知道……幹！」阿銘放下輕機槍氣急敗壞的用著肩膀使勁推撞著。

「砰！砰！」的聲音一聲一聲不斷傳來，一群人圍在鐵門旁又推又踹，但是鐵門就是文風不動。

「快 call 翻譯官下來幫忙開門。快點！」刀疤佬把希望寄託給留在上面抽煙的翻譯官。

「下來的時候沒帶無線電……」大胖哆嗦地回應著。

「不會撥手機啊?快點。」

刀疤佬已經有點亂了方寸,他感覺自己在這裡面快要吸不到空氣了,整個人開始有點恍惚。

「沒有訊號!」大胖拿著手機哭喪的看著刀疤佬。

「走開!」這時候的刀疤佬看起來有點抓狂了,根本就顧不了其他人的死活,他一把抄起阿銘擱在一旁的輕機槍對準大門。

「小心!」阿銘見狀大喊急忙躲開,只見刀疤佬對著鐵門上的門閂就是一陣掃射。

「砰砰砰!」輕機槍的槍聲在洞穴之中聽起來更為猛烈。

「狗屎!」史考特拉著艾力,雙手抱頭鑽到實驗床的後面躲避著四處彈跳的流彈。

「喀噠」一聲,刀疤佬手上輕機槍的子彈打完了,他將手上的輕機槍往旁一丟,抬起腳對著鐵門用力一踹。

「碰」一聲,門上除了多了一堆輕機槍打出來的子彈凹痕之外,鐵門還是緊閉。

「幹!」刀疤佬接近崩潰地怒吼一聲。

「嗡嗡嗡……」的蜜蜂聲音從頭頂上方傳來,但是這個嗡嗡聲響不同於每個人印象中所熟悉的蜜蜂的聲音，因為如果蜜蜂聲音會這麼巨大的話，那可能有超過一百萬隻的蜜蜂正在自己頭上盤旋著。刀疤佬和眾人抬頭一看，洞穴上方有著五個穿著日本軍服的毒蜂人正用複眼看著眾人，每一隻的複眼中都閃爍著紅色的妖異光芒。

「怪物！」大胖驚叫。

前面傳來一陣窸窸窣窣的聲音，刀疤佬轉回頭的那一剎那，他感覺到有一個冰冰涼涼的東西劃過自己的頸部。他受過訓練的身體讓他本能地往後倒下試圖躲過，這個動作也讓他看到了那個在他身後發出聲音的東西，那是……

一隻螳螂。一隻碩大無比的螳螂。

綠色高挑、迎風擺動的玉米田，刀疤佬的腦海中快速閃過回憶。

他想起小時候去玉米田只有兩個原因：偷玉米和抓蟋蟀去班上互鬥。有一次運氣不錯，在玉米田裡他抓到一隻碩大的螳螂王，第二天當他把螳螂王裝在玻璃罐偷偷帶到學校時，同學歆羨的眼光讓他神氣了很久，連他暗戀的女孩也是如此，當然不用說之後引發了一波抓螳螂的熱潮。

他還記得當他最後玩膩螳螂王的時候，他讓螳螂王死亡的方式也是有點與眾不同。他用釣魚線將奄奄一息的螳螂王腹部綁住，然後拔掉牠前面的兩隻大前腳，沒了大前腳的螳螂王看起來就小了一截。

最後他在魚塭中幫螳螂王辦了一個葬禮，螳螂王在水中用著剩餘的幾隻腳掙扎著，沒一下子就被魚塭中的魚一口給吞掉，連帶的把他自己手上的釣竿也扯進池塘，害他回去被哥哥罵了好久，這一段歷史現在想起來彷彿還歷歷在目。

螳螂有一個三角頭，綠色的大眼睛，喔，對了，不要忘記螳螂都有著兩隻非常鋒利而且帶著倒鉤的鐮刀狀前肢。

現在怎麼了？為什麼眼前的一切進行得那麼緩慢？這裡的每個人為什麼都是面目猙獰地大喊、竄逃？四處火光亂射，這槍聲又是從哪裡來的？

一股紅色的噴泉從脖子的位置激射而出，刀疤佬笑了。

他的頭對著他的身體微笑地說再見。

46

「停一下。」

木村右手握拳要大家停下來觀察著前方動靜，從眾人的掩蔽處向前望去，隱隱約約可以看見遠處的河對岸峭壁上，有一個身穿迷彩服的軍人正在抽煙，而軍人的背後有一個小小的山洞。

「隊長，這一邊。」原本躲在大石背後的斥候松本伸出半個頭對著大家比出手勢。

「大家小心一點。」木村交代後，眾人用著貓步前進到松本所在處，從掩蔽物後看向山洞的位置。

「現在如何？」木村悄聲問著松本。

「一堆人進去了，到現在還沒出……」松本話還沒說完，忽然山洞中傳來一陣密集槍響，原本坐在山洞一旁抽煙的翻譯官被嚇得跌坐在地上，而木村等人則是沉住氣繼續盯著現場。

「一級警備。」木村比畫著手勢下達命令，眾人紛紛將槍掏出注視著洞穴的動靜。

這一下麻煩了，木村暗自想著，因為這件事看起來已經不能善了，完全脫離了原本計畫。木村回頭看了一下李歐的位置。

「李歐也是一個問題吧！」明日香看著木村說了那麼一句。

好厲害，小姑娘居然猜到了我的想法。被看穿的木村對著明日香點點頭。

「記得要對他注射五西西的腦下皮層安定劑。」

「五西西嗎？」明日香詫異地看著木村。

「對。」

明日香心想，這五西西要是打下去，李歐恐怕連自己姓什麼都會忘掉。五西西的量實在是多了一點。

「長官。」松本低喊了一聲比了目標一下，木村回頭看著洞穴。

突然山洞中飛出一隻毒蜂人，直直站在翻譯官之前看著他，複眼上閃爍著無數翻譯官的影像，以及一種妖異的紅光。

「啊……啊……」翻譯官坐在地上，張大著嘴，被眼前的東西嚇得說不出話來，他的雙手撐著地往後無助移動著。

原來是這種東西啊！

木村等人的眼睛也是瞪得極大，每個人都屏住呼吸看著眼前這一幕。木村將槍小心舉起，狙擊鏡中的十字線清楚地瞄準了毒蜂人，木村手指輕輕扣住扳機。

毒蜂人彎下腰看著翻譯官。

「不要……救命啊！」翻譯官倏然跳起轉身，拉著一旁的垂降索慌張笨拙的想往上方爬去。

「嗡嗡嗡」，只見毒蜂人身體動了一下，一根毒刺瞬間刺穿翻譯官的心臟。

「啊……」翻譯官一聲慘叫，原本的動作一下停止，人彷彿被釘在岩壁上，鮮血一下子就將岩壁染紅。

明日香不忍地別過頭去。

毒蜂人抽出毒刺，「砰」一聲，抽搐的翻譯官跌落地面，鮮血從他的胸口、嘴巴狂噴而出，毒蜂人伸出長滿觸毛的手將翻譯官拖回山洞中，一條血痕隨著「咚咚」的拖動聲音從山洞中隱約傳出直到消失。

「呼……」木村吐了一口氣，慢慢放開緊扣扳機的手指，回頭看著眾人，每個人臉上都是驚懼的神色。

「砰砰砰」、「啊」、「救命啊」，忽然山洞又傳來一陣槍響和臨死前的慘叫。

木村等人神經緊繃地再度舉起槍，注視著山洞的動靜，過了一會兒便不再有任何聲音從洞穴中傳出。

「完蛋了……」木村放下槍喃喃自語地說道。

47

血光之中刀疤佬的人頭落地。

「砰砰砰」，眾人持槍對著眼前這幾個怪物瘋狂掃射，但是子彈的速度看起來比不上毒蜂人的速度。

「啊」、「救命啊」，台灣班兵在慘叫和槍聲之中全部陣亡。

「Shit!」史考特清楚地感覺到有一根毒刺刺中自己的大腿，在刺中的一剎那間身體就無法動彈，衝鋒槍雖然還握在手上，但是自己現在連扣下扳機的力氣都沒有了。史考特臉上的汗珠一滴一滴流下，他轉過頭去，看到自己的頭盔摔落在一旁，攝影機鏡頭正對著自己。

「Shit! Shit!」史考特心中咒罵著，麻痹的感覺越來越強烈從下半身向上逐漸延伸，喉頭彷彿有東西卡著，不，應該是被人掐住的感覺，讓他的呼吸越來越不順暢。史考特勉強轉過頭去，只見倒在另一邊的艾力四肢不自主地抽搐著。

「艾力？」

史考特用盡最後一分力氣微弱地喊著。

艾力沒有回應，「沙沙沙」的聲音傳過來，史考特抬頭看著眼前的這一群人……不，應該說是一群怪物。這些怪物站在面前看著他，每個的眼睛都有一種說不出的深邃和憤怒，複眼上反射出的史考特是被一團紅色的怒火所包圍著，史考特心知不妙。

你們究竟是誰？史考特渙散的眼光透露出這樣的疑問，因為他的舌頭已經麻痹到不聽使喚、吐出掛在嘴邊，他現在就像一條瀕死的海豹。

「喀喀喀」，軍靴在地上摩擦發出的聲響從山洞深處靠近。

「敬禮！」所有毒蜂人站直身體排成一列舉起前臂行禮致敬，螳螂頭的中島大校從黑暗中走了出來看著史考特。

「喀啦、喀啦」的聲音傳來，眾人一起往回看，只見到毒蜂004將一個東西拖了進來摔在史考特面前，史考特看著眼前這具滿身是血的死屍。

死去的翻譯官滿嘴滿胸是血，死魚般的眼睛直瞪著史考特。

中島大校走近，冷酷地看著倒在地上的史考特和艾力。

「就是因為他們，我們才會有今天。」

中島大校指著史考特和艾力對著眾人說道，每一個毒蜂人的眼睛瞬間轉為亮紅色，憤怒和報仇的氣氛在洞穴中彌漫。

「我們不怕死，但是我們一定要讓這些米國人知道什麼是死，什麼叫害怕！」中島大校怒吼著。

「是！」所有毒蜂人站直身體大聲回答中島大校。

中島大校蹲下身看著史考特，三角形的頭和綠色的大眼看著眼前這瀕死的美國士兵，他嘴上的兩支巨顎來回收縮，冷冷地開口。

「美國士兵。**DIE!**」

中島大校伸出螳螂手臂，史考特看著粗壯的鐮刀手臂高高舉起，露出驚懼眼神。

「喀嚓」一聲，史考特的頭落在一旁，中島大校轉過身去舉起滿是鮮血的前肢，又瞄準了艾力的頸部，一旁毒蜂人的眼睛更是紅成可怖的顏色。

「不！」這是艾力使盡全力的最後一句話。

中島大校咆哮地將艾力的頭砍下。

「萬歲！萬歲！」毒蜂部隊一聲聲大吼著。

頸部流出的鮮血順著地板蔓延，鮮血慢慢浸漬到摔在一旁的頭盔，而攜帶式衛星攝影機仍持續拍攝這血腥的一幕。

六十公里外的衛星接收車上「嘶嘶嘶」的雜訊斷斷續續地傳回螢幕之中，這血腥的一幕讓克里斯看得目瞪口呆。他的胃開始痙攣，一陣噁心地抓起了一旁的垃圾桶狂吐。

「嘔……」的聲音和胃液的氣味在主控車中充斥，臉色慘白的克里斯放下垃圾桶，顧不得嘴邊的殘餘物，伸手按下主控台左上角的紅色衛星專線。

「美軍太平洋總司令部戰訊室。傑克你起床了嗎？」擴音筒中傳來一個愉悅的男聲。

「艾倫，我們有大麻煩了！」克里斯的聲音帶著顫抖。

48

「夠了！你們的任務已經停止了！」

一句日本話讓滿身是血的中島大校回頭，只見山洞門口站了一位穿了准將軍服者，還有七、八個士兵。

「是准將。」中島大校看著木村肩膀上的准將軍階，舉起手來大喊。

「全體立正，敬禮！」毒蜂部隊全部立正站好向著眾人行禮。

「辛苦了！」准將回禮後，走進碉堡內看著滿地殘缺不全的屍首，緊跟在後的松本和工藤則是不安地看著眼前這一切。

「你們的任務已經結束了。」木村表情嚴肅的看著所有毒蜂部隊成員。

「結束了？」中島大校不敢相信地看著准將，毒蜂部隊一臉迷惘地彼此互望著。

「是的，結束了。」准將平靜地回答中島的問題。

「結束了嗎？」中島大校的心中頓時升起一陣失落感，自己畢生從軍所追求的志業與夢想，難道就這樣的結束了嗎？那他和這些隊員的犧牲究竟是為了什麼？中島抬起頭，他的綠色大眼直盯著木村。

「怎麼結束的？」中島的聲音聽起來有點乾澀。

「這是天皇陛下的指示。拿過來。」准將不想說太多，揮著手要後面的士兵將東西拿出來。

「是。」松本將手上的提箱打開，裡面出現的是裕仁天皇玉照和一台錄放音機。

「全體立正，敬禮。」中島立即站直身子大喊，所有毒蜂部隊一看到天皇玉照也立刻全部站直，舉手行上最敬禮。

「把收音機打開。」木村命令著松本。

「是。」松本將收音機打開，所有人屏氣聽著錄放音機傳出來的天皇玉音。

「朕深鑒於世界大勢及帝國之現狀，欲採取非常之措施，收拾時局，茲告爾等臣民，朕已飭令帝國政府通告美、英、中、蘇四國，願接受其聯合公告……」

天皇的聲音聽起來是如此平靜，而且不帶任何情緒。

「天皇居然會投降……」中島大校喃喃自語，毒蜂部隊則是緊抿著嘴看著中島大校。

「這是裕仁天皇的玉音，是天皇對著全體日本國民所下的終戰詔書。中島大校，但天皇並非投降，而是接受同盟國的提議。」准將走去將收音機關掉後看著中島大校。

「為什麼呢？」中島還是不可置信地說。

「相信天皇也是不得已的。」准將輕聲安慰著氣餒的中島。

「準備架設設備。」准將揮手後喊了一聲，荒川和幾個士兵熟練地將幾個提箱放在台上，拿出醫療設備進行架設。

「你們現在要做什麼？」中島大校和毒蜂部隊面面相覷地看著這些人的行動。

「戰爭已經結束，現在是國家補償你們的時候了。中島大校，在你們沉睡的這段期間，我們已經找到『毒蜂菌』的解藥，現在是你們回復人形的時候。你們已經為國家犧牲太久了，應該要好好接受國家的補償。」准將誠懇地看著中島和毒蜂部隊。

「時間已經過了多久？」

中島突然問了這麼一句，所有的人停下動作看著准將。

准將停了一下，緩緩地說：「六十年了！這個世界整個都已經變了，你知道嗎？」

「啊！」中島大校和整個毒蜂部隊都露出驚訝的表情。中島看著四周遺留的武器裝備，以前沒見過的衝鋒槍、軍用背包、軍人穿著，以及之前毒蜂００１複眼上送回來的美國航母影像……但是真的過了六十年嗎？

「六十年了。那戰爭還在繼續嗎？」中島大校追根究柢地追問著，毒蜂部隊每個人的眼光都在閃動，他們也急切地想知道這一切的變化。

「戰爭，早就已經結束六十年了。就在你們沉睡不久之後，天皇就宣布終戰，而裕仁天皇也在十多年前駕崩，今上是明仁天皇。一切都已經變了。」扮演准將的木村看著毒蜂部隊，語氣嚴肅地說著。

「那日本現在是什麼處境？」中島一下想到戰敗國的屈辱景象，那個被他在實驗室中砍頭的少年臉龐一下子浮映出來。

「你們放心，日本現在還是全世界最強大的國家之一。不要說這麼多了，現在最重要的事，就是讓你們快點回復成正常人，然後跟我們一起回國。鈴木少佐，ＡＢ劑都準備好了嗎？」木村對著一旁的士兵問道。

「是的，木村准將，已經都準備好了！」

看著這些人一一戴起口罩與手套，加上桌面泛著白光的醫療器材，這個景象突然讓中島有了一種似曾相識的感覺。多少年前他不也曾是這種實驗的主事者嗎？現在卻變成了一個被實驗的對象，命運真是太會捉弄人了。

「……全都結束了嗎？」中島喃喃自語著。

「是的，全都結束了。」木村冷靜地戴起口罩，兩隻眼睛直視著中島。

「那美國航母為什麼在台灣外海？日本跟美國現在是什麼關係？」中島質問著木村。

木村臉上蒙過一層陰影。

得立刻進行X計畫！明日香對著身旁幾位同僚使了個眼色，大家互相心照不宣地點點頭。明日香雙手在背後悄聲拉開了固定在身後一個瓶子的瓶蓋，無色無味的氣體從瓶口開始擴散。

再過二十分鐘，明日香心想，這一瓶鎮靜劑的量應該足以將這些毒蜂人全部弄暈，如果能把他們弄昏帶回去日本是最好不過的了，因為這些都是曾經為日本付出一切的軍人，他們應該得到公平的對待，而不是被棄之如敝屣。

「美國現在是日本的盟友，美國和日本現在是同盟關係。」木村輕描淡寫、態度堅定地回答。

必要時要把一些事情開誠布公地說清楚，現在已經是貓捉老鼠的遊戲。木村已經大略瞭解這些毒蜂部隊的心態，在這個時候對於一些問題緩與急的拿捏要很準確，不然有可能會功虧一簣，但是最要命的是時間已經不多了。木村心想，美國應該已經快要發現包括李歐在內的幾個人長時間失聯了，現在要越快解決這件事情越好，絕不能讓美國介入。木村不動聲色地看著眼前的中島和毒蜂部隊。

「是嗎？真是可笑啊。那我們當初是為了什麼……」中島的口氣中憤怒多於質疑。

「這一些等你完全回復成人形後，我們再來談吧。鈴木，準備好了嗎？」木村不讓中島再有多餘的時間提問，直接轉頭詢問著鈴木。

「是，長官。」鈴木回應著，他熟練地從標明A的瓶中抽出透明液體，準備替眾人注射。毒蜂部隊看著中島的反應。

昆蟲的細微感應一直是昆蟲生物學家感興趣的研究課題之一。眼前木村准將的態度讓中島無從分辨真假，雖然木村說的，以及自己所看到的一切，似乎都像是真的，但是有些事情始終讓他覺得不對勁，包括現在要注射到自己體內的這種液體……

液體！中島腦中瞬間閃過一個念頭。

絕對沒救。因為生命會用另一種方式呈現，然後以一種有用的方式完美結束。當初在七三一部隊實驗室中，橋本拿著一瓶「毒蜂菌」對中島熱切地說著。橋本充滿驕傲與興奮的表情一下子出現在中島眼前。

中島看著木村背後的幾個人，這些士兵在他巨大複眼的巡視下，透露著畏懼與不信任的複雜表情。他的兩隻長觸角微微擺動，感覺到空氣中有一種極淡的、屬於化學藥物的特殊氣味，這是另一股新鮮的味道，不太像是鈴木手上瓶中液體的氣味。

有詐！

中島歪著頭盯視拿著注射針筒的鈴木，鈴木被中島的眼神看得手有點微微發抖，不知所措地轉頭看著眾人。

「騙子！全是騙子！」

中島大校忽然迅雷不及掩耳地從鈴木手上奪過注射針筒。

「你幹什麼？」

木村大喊著趨前想要搶救鈴木，卻被一旁的毒蜂人伸手擋住。

「救命啊！」

中島一把拖過想逃跑的鈴木，舉起針筒將藥劑注射到鈴木身上。

「啊……」一聲慘叫，鈴木臉部扭曲地倒下。

「鈴木。」木村大喊想要過去搶救，卻被倏然靠近的毒蜂人一把摔到一旁，明日香和眾人只能眼睜睜看著鈴木在抽搐之中倒地死去。

「中島大校，你這是在幹什麼？」木村沒想到事情會如此發展，又氣又急地對著中島怒吼著。

「你這騙子！這是毒藥，這不是解藥。」中島大校揮舞著鐮刀手怒罵著木村。

「你這混蛋！這一瓶A劑要用來先殺死你身體中的毒蜂菌，然後B劑是用來修復你身體中的細胞。A劑打在正常人身上就是毒藥，現在你已經浪費一瓶A劑了，我也死了一個人，你們還想怎麼樣？把我們全部殺掉嗎？你們今天殺的人還不夠多嗎？中島大校、陳君、山下君、崎尾君、清原君、小川君，你們不想回復成正常人嗎？混蛋！」木村怒不可遏地罵著中島。

「我們培養的這種細菌是不可能有解藥的，不要騙我。」中島對著木村大吼回答。

「大校，請你相信，這真的是解藥。如果你們不快一點注射解毒劑的話，後果你自己是很清楚的，以變為成蟲的時間來計算的話，你還剩下多少時間？」木村指著中島說著。

這究竟是不是真的？如果戰爭已經結束，那自己和這些飛行員該怎麼辦？中島開始猶豫。

藥效怎麼還沒開始發揮？是這些蟲太大了嗎？明日香開始有點焦慮，因為這件事情到目前的發展，和他們原先的設想完全不同，事情已經開始失控，而鎮靜劑的藥效看起來沒有達到預期的效果。原先為了不把事情鬧大，也寄望將蟲人帶回日本，同時還顧慮到原子彈甲冑有什麼萬一，所以才想出這種偽裝招降的辦法作為優先考量，而沒有將投放鎮靜劑當作第一方案。雖然最終雙管齊下，但是沒想到這兩種方案看起來都效果不彰。

中島大校猶疑著，他感覺到每個毒蜂部隊的成員都盯著自己，是不是要馬上做決定？就在此時，中島大校發現一旁的士兵荒川發抖得很厲害，昆蟲的嗅覺告訴他，這個傢伙已經尿濕褲子了。

這個菜鳥，就是他了。

中島大校念頭一動，隨即往前撲去，越過木村，一把抓過荒川往後方跳去，毒蜂部隊也立刻趨前保護住中島，和木村等人形成了對峙的局面。

「中島，你又要幹什麼？」木村心知不妙，隔著毒蜂部隊破口大罵。

「告訴我，你知道什麼？」中島眼前這傢伙一臉的驚訝和恐懼。

「我什麼都不知道……」一陣異味傳來，荒川已經嚇得屎尿齊流。

「中島！」木村大吼。

「你在騙我。如果你不說實話，我現在就咬掉你的頭。」中島露出兩個巨大的獠牙威脅荒川，毒蜂部隊也轉過頭等著荒川的回答。

「荒川！」木村一聲斥喝，在他背後的一隻手比出了「一」的手勢，隊員們立刻將手伸入衣袋中緊握著小型衝鋒槍。

「別殺我，我……我只是來執行消滅怪物的命令……救命啊！」

中島的複眼和獠牙看起來是那麼恐怖，荒川口不擇言，驚慌地說出了他們的目的。

「荒川，你這個白痴。行動！」木村拔出衝鋒槍對著毒蜂部隊開槍射擊。

「砰砰砰」槍聲在山洞內產生巨大的迴盪聲響。

奇怪的是，這次每個毒蜂成員在動作上都感覺變得遲緩許多，中島大校也發現當他抓起荒川往後躍去時，也變得不是那麼靈活。紅白色的血漿、體液四處飛濺，中島眼睜睜地看著毒蜂 004 和 005 被子彈轟成血肉模糊一片。

混蛋！這些人居然放毒氣。他這時恍然大悟剛剛嗅到的化學藥物味道原來是這個，火大地舉起手一把砍下荒川的頭。

「去死吧！」中島聲嘶力竭地大叫著。

雙方人馬殺紅了眼，混戰之中一顆子彈射進了中島的腹部，他感覺有個灼熱的物體高速旋轉深入了他身體的組織之中。

「混蛋！」中島怒吼地對著一個士兵撲去，用獠牙一口咬掉他的半個腦袋。

「小心！」槍林彈雨之中，毒蜂 002 拉起跌倒在地的毒蜂 003，一起躍到洞穴上方，一顆子彈打穿了毒蜂 002 的複翅。

毒蜂 003 大喊：「你還好吧？」

毒蜂００2看著００3：「你沒事就好。」

毒蜂００2微笑著又往下撲去，毒蜂００3感覺到一陣暖意，一股力量刺激了他。

「殺了他們！」毒蜂００3大喊，伸出鋒利的尾刺往下對著一個士兵衝過去。

木村抬頭看到了毒蜂００3從上飛撲而下，向著明日香伸出了毒刺。

「小心！」木村大叫，一把推開明日香。

木村發出慘叫，一根長刺刺穿了木村的腹腔，同時也刺傷了明日香。

「混蛋！」木村一手摀住腹部，滿臉痛苦地握住一旁的步槍，結結實實地給了毒蜂００3一棍，毒蜂００3倒向一旁，但又隨即一躍而起沒入了上方的黑暗之中。

「快走，快出去聯絡本部說計畫失敗。快，不要留在這裡。」木村口氣堅決地推著明日香。

「可是……」明日香看著血流不止的木村。

「快，這是命令！」木村漸漸痲痹得快講不出話來了。

「知道了。」明日香回頭看了仍在廝殺的現場，她噙著眼淚，摀住肩膀上的傷口往洞口跑去。

「救命啊！」「啊！」接連的幾聲慘叫中，隨著木村而來的隊員逐漸不敵毒蜂部隊發瘋似的攻擊，被剩餘的毒蜂部隊給一一螫斃。

奄奄一息的木村被受了槍傷的中島大校抓住，中島大校滿口是血，憤怒的質問著木村，

「你為什麼要殺我們？」

中島綠色的複眼周遭沾滿了鮮血，面貌可怖地盯著木村。

「因為你如果不停止任務的話，『原爆００１』將會讓日本和世界墮入萬劫不復的境地。醒醒吧，你這戰爭的失敗實驗品。」

木村滿身是血、毫不屈服地看著中島。

「天皇萬歲！大日本帝國萬歲！我願意為大日本帝國犧牲。你不配當軍人，你這個人渣。」

中島大校說完後，張開大嘴一口咬掉木村的頭。

49

山洞外的陽光和遠處的水聲，讓瀕臨暈倒的明日香瞬間放鬆。

「現在絕對要逃出去……」

明日香強忍著痛苦告訴自己。肩膀上的傷處有如火燒般的疼痛，帶有麻痹敢的暈眩讓她幾乎就快要倒下去。

突然山洞深處傳來木村死前淒厲的大吼，「混蛋！」「失敗者！」，之後聲音倏然停止。

「木村先生……」明日香的眼淚如同河水決堤般湧出，她向著山洞下方的河流一躍而入。

50

美軍太平洋司令部內，太平洋軍區總司令米契爾和日本自衛隊長官安室司令一起觀看一段從台灣傳回來的無聲影片。米契爾面露青筋看著螢幕，整個辦公室裡一片肅靜。

「乒砰！」推門而出的聲音打破了沉靜，米契爾回頭看見參謀人員摀住自己的嘴跑了出去。

米契爾也是不忍的摀住自己的眼，用手指來回搓著自己的額頭，畫面上的殘暴與血腥讓他快看不下去了，現在究竟是怎麼回事？

「嘶……」一聲訊號中斷。

情報官檢查一下螢幕，回頭說：「這個時候訊號斷了，我想應該是攝影機沒電了……」

「狗屎，看看你們做的好事！」米契爾忍無可忍地站起來，「啪」的一聲就給了安室司令一巴掌。

「混蛋，怎麼打人呢！」安室不甘受辱地跳起身要討回公道。

「你看看你們幹的好事！」米契爾指著安室大罵。

「這不是我們做的啊！你幹嘛打人！」安室從沒如此受辱過，氣得對米契爾衝過去，但是馬上被一旁的隨從參謀緊緊拉住。

「不要衝動！大家冷靜下來！」雙方的軍職人員用著英、日語大喊，安撫著彼此的情緒，而一旁的文職人員則是嚇白了臉看著眼前的衝突。

「好了好了，停下來。對不起，我很抱歉！」米契爾雙手一攤對著眾人大吼著，現場原本沸騰的情緒瞬間被控制住，米契爾滿臉歉意地對著安室伸出手。

「對不起，安室司令，我剛才情緒真的失控了。對不起。」米契爾誠心地看著安室司令。

「哼！」安室面色鐵青地別過臉，拒絕這個道歉。

「對不起。」米契爾尷尬地收回手理了理頭髮，轉過身看著會議室的眾人，大家也屏氣看著他。

「聯戰中心！」米契爾眼光四處搜尋著。

「是。」一個軍官應聲站起來對著米契爾行舉手禮。

「馬上派一組人去進一步瞭解，請台灣提供必要支援，不過不能讓台灣知道事件詳情。

包括我們『海豹』死於非命這件事。再來是戰管中心。」

米契爾轉頭看著另一個軍官。

「是，長官。」軍官坐直身子等著米契爾指示。

「調度衛星方向，沖繩嘉手納基地的 EP-3 型預警機升空，全面鎖定台灣台東。除了可辨識的飛機外，只要面積超過一平方公尺的東西升空就馬上鎖定回傳。知道了嗎？現在就去。」米契爾對著軍官說道。

「是。」軍官起身快步離開會議室。

「長官，這些你看一下……」情報官拿著一疊照片走到米契爾身旁低聲說著。

「這些是？」米契爾皺著眉頭問道。

「剛才收到的……」情報官伸手比了一下。

「嗯……」米契爾翻了一下照片轉頭看著安室，安室還是不發一語地直盯著米契爾。

「你現在要很清楚而且明白地告訴我們這整件事情的前因後果，不然你和你們首相的麻煩就大了。」米契爾指著安室一字一句地說著。

「不是我們幹的。跟我們無關。」安室回答得很乾脆。

「是嗎？這要不要解釋一下這些照片是什麼？」米契爾將手上的照片摔到安室的面前。

可惡，任務失敗了……安室彷佛早就知道照片的內容，他連動都沒動，兩眼直盯著米契爾看著。

「說不出口嗎？安室司令。」米契爾語帶威脅地看著安室。

「要說什麼？這些事情我都不知道，要問去問我們首相。」安室眼見賴不掉了，乾脆推得一乾二淨。

「哼！木村不是你們的人嗎？現在都死得那麼慘了，你不要再說你不知情。」米契爾指著安室冷冷地說道。

「木村死了？」安室心頭一震。

「自己看吧，願上帝引領他重回天堂。」

米契爾看著安室，只見安室撇過頭不願回話，但是眼眶卻慢慢紅了起來，沒一會兒，安室用手摀住眼睛難過地掉下眼淚。

「唉……」米契爾看著安室的難過表情也不禁嘆了一口氣。他剛才講的是過分了一點，他深知木村和安室的交情深厚，也因為安室力保的關係，美國對於木村在台的戰情偵搜也就睜隻眼閉隻眼地當作不知情。現在木村卻為了要替日本隱瞞一件「蠢事」而命喪黃泉，這就真的是有點太不值得了。

「我很遺憾……」米契爾意味深長地看著安室司令。

「他們是二戰所遺留下來的實驗品。」安室語帶哽咽地說。

「什麼！」米契爾不敢相信自己接下來所聽到的事實。

桌上的咖啡已經不知道是第幾杯了，溢出的咖啡在桌上形成一個淺淺的圓形印子，米契爾早就忘記自己四處誇耀成功戒煙的鬼話了，整個會議室里煙霧彌漫，如果尼古丁能夠暫緩焦慮的話，那麼這就是米契爾現在所需要的。

「所以這些怪物當時得到的最後指令就是離開台灣往南海飛，然後只要看到我們的航母艦隊就展開自殺攻擊。是這樣沒錯吧？」米契爾帶著疲憊的語氣與安室再次確認。

「是的。」安室司令點了點頭。

「原來如此，那這樣子的話……」米契爾忽然想到一個主意，電影《來自硫磺島的信》中有一幕這樣的畫面，克林．伊斯威特給了他靈感。

「你們的蟲怕不怕火燒？」米契爾問著。

「啊？」

安室司令一下子會意不過來，瞪大眼睛不解地看著米契爾。

「不管這些怪物最終目的是什麼，或是他們想要做什麼，我絕對要保護小鷹號航母艦隊的安全，你們不要低估我的決心。」米契爾右拳緊握狠狠地捶在桌面上，這砰然一聲巨響讓所有人閉上了嘴。

安室無意識地摸了摸自己的臉頰，那不舒服的感覺再次油然而生。

51

下午四點三十分。

一雙手將在河流中載浮載沉的明日香拉住慢慢拖上岸，李歐用手壓住明日香胸膛進行心肺復甦術。

「嗨，明日香，醒醒。」

一連串ＣＰＲ急救動作之後，明日香側著臉「咳咳咳」吐出一大攤水來，她無焦的眼神看著眼前影像重疊的李歐。

「解毒劑放在哪裡？」李歐的聲音聽起來像是地獄傳過來般的空洞，明日香無力地看了看自己的長靴。

「在靴子裡面？」李歐懷疑地看著明日香的長靴，他發現這雙長靴鞋跟是可以抽開的，在鞋跟的夾層內找到了攜帶型解毒劑。

「忍耐一下。」李歐對明日香說。

一陣刺痛後，明日香感覺一下子放鬆了，原本喘不過氣的胸腔瞬間疏通，她貪婪地用力吸著空氣，直到自己的肺感覺脹痛為止。她睜開眼，只見李歐正幫她包紮著肩膀上的傷口。

「感覺好一點了嗎？」李歐關心地問著。

「嗯……」明日香咬著唇虛弱地應了一聲。

「被扎到的時候很難受吧！我被扎到的時候痛得差點死掉。」李歐安慰著明日香。

明日香想到陣亡的木村和其他同伴，再也忍不住哭了出來。

「怎麼了？弄痛妳了嗎？」

李歐慌了手腳的問著明日香，明日香搖搖頭不回答逕自哭著，李歐恍然大悟看著明日香。

「現在哭沒有用，木村最後應該有交代妳做一些事情吧？」

李歐試圖用其他方式來轉移明日香的注意力，這一招果然奏效。

「你怎麼知道？」明日香滿臉淚痕詫異地看著李歐。

「木村交代妳什麼？馬上往東京回報嗎？」李歐嚴肅地看著明日香。

「你為什麼沒離開？」明日香反問李歐。

「我全部的東西都被你們扣押了，我要拿回我的東西。告訴我，裡面究竟還有幾隻怪物？」

李歐斬釘截鐵地問著明日香，明日香看著李歐沉默了半晌。

「本來有六隻，不過已經被我們打死兩隻了，其餘四隻現在應該有點被麻醉的現象。」

「麻醉？」李歐有點詫異，心想，你們不是想殺了他們嗎？

「我們還是希望把他們帶回日本去，除非逼不得已，不然我們是不會殺了他們的。」

明日香知道李歐話中的含義。

這下好了，還有四隻，中了鎮靜劑的四隻。李歐思索如何對付眼前的局面，不忘追問：

「我的東西呢？」

「應該就在那附近。」明日香用手指著河岸旁不遠的樹林。

「需要我扶妳嗎？」李歐禮貌地問了一聲。

「謝謝。」明日香搖搖頭，緩緩站起身，帶著李歐往河邊的樹林走去。

52

毒蜂００4和００5被轟得支離破碎，看著辛苦培育的隊員出師未捷，中島大校嘆了一口氣。

「唉！」中島大校摀住傷口，看著滿地的屍首沉默不語。

「大校。」毒蜂００1對著中島喊了一句。

中島大校揮揮手不答話，站起身走到木村他們帶來的錄放音機前打開盒蓋，凝視著天皇玉照。中島大校按下播放鍵，天皇的聲音再一次傳出來。

「朕深鑒於世界大勢及帝國之現狀，欲採取非常之措施，收拾時局，茲告爾等臣民，朕已飭令帝國政府通告美、英、中、蘇四國，願接受其聯合公告……」

中島大校的眼眶泛紅，跪在地上對著天皇玉照哭了出來。

「陛下……你怎麼可以，日本不能就這樣放棄啊……」

毒蜂００2和００3也在中島大校背後跟著跪下，全都痛哭失聲。

毒蜂００1站在後面看著這一幕，腦中又出現了破碎的回憶訊號。

想起來了！雪子的影像清晰地出現。

雪子懷中的小孩對著阿森微笑，雪子緊抱著阿森痛哭地交代：「等戰爭結束，你一定要活著回來好嗎？求求你。」

毒蜂001忽然覺得眼前一陣暈眩，他轉過頭看著桌上散落的藥劑。

雪子，戰爭結束了，我好想見妳。

毒蜂001的複眼中閃耀著雜訊光芒，他走到桌前拿起藥劑看著。

「001，你在做什麼？」中島大校的聲音從背後傳來。

毒蜂001轉回身，只見中島大校和毒蜂002、003看著自己，中島大校眼中充滿殺氣。

「這個藥會是真的嗎？」毒蜂001舉起藥劑問著中島大校。

「哼！你覺得呢？」中島大校冷笑一聲，開口對著三個毒蜂人說：「現在告訴你們也無妨，我們七三一部隊所培養出的毒蜂菌，生命週期大約只有七十二小時。也就是說，再過一天，你們就算沒執行任務也還是死路一條。有解藥？哼，你們自己想一想，『冬蟲夏草』的原理就是菌體會吃掉寄生宿主身上的正常細胞，所以坦白告訴你們，這種東西不可能會有解藥。知道嗎！」

「你這個混蛋！」毒蜂００１咬牙切齒地看著中島大校。

「混蛋？我們是大日本帝國的軍人，真正的混蛋是這些米國人、支那人！」中島大校指著地上的美軍和台灣部隊的屍體對著毒蜂００１吼著。

「今天我們四個人會變成這樣，是我的錯嗎？追根究柢還不都是這些米國人害的，不是嗎？

「００１，你看看你自己，你有沒有想過，我們現在變成這個樣子，如果不去為國犧牲，就算我們活下來了，難道你想要一輩子活在馬戲團讓人取笑，還是在實驗室中讓人一塊一塊拆解研究？我們不是小丑，也不是泡在福馬林中的標本，我們是日本軍人！」

中島大校怒吼著，毒蜂００１默然不語。

「現在，我告訴你，唯有消滅米國人才能讓我們活得有價值，也才能一解我心頭怨氣！我不怕死，因為再過二十四小時我還是得死。但是我要光榮戰死，不要像這個窩囊廢一樣。」

中島大校轉回身抓狂地將裕仁天皇的照片舉起重重的摔在地上，玻璃破碎反射出中島大校的憤怒神情。

「他應該要光榮自殺，而不是投降。你現在清楚了嗎？毒蜂００１。」

此時突然有幾道光線從山洞口隱約往內照射著，中島大校和毒蜂人一起回頭往外看著，隱約聽到有不尋常的聲音。

中島大校回過頭來對其他三個毒蜂人說：「走吧，這裡不能再待了。現在你們立刻穿上甲冑，從後面撤退，我們需要好好休息來儲備明天執行『玉碎任務』的體力。」

「是！」毒蜂002堅定地拿起甲冑，轉過頭看著毒蜂003。「還好你沒事，相信我吧，這是我們現在唯一該做的事情。」

「嗯。」毒蜂003應了一聲也拿起了甲冑。

毒蜂001看著桌上的甲冑，臉部出現猶豫不決的神情，複眼中關於雪子的影像還是不斷出現，他搖了搖頭試圖甩開這股殘念。

現在真是生不如死！毒蜂001心中百感交集。

「你想好了嗎？」中島大校看著毒蜂001。

毒蜂001嘆了一口氣，拿起甲冑，「叩」一聲，甲冑的磁性扣環已經扣上。

「走，轉進到第二基地。」

中島大校環顧這死屍遍地的山洞，眼前這些軍人都是為了戰爭而死，自己即將也是，現在只希望自己能死得更有價值一點。他低頭看著地上的裕仁天皇玉照，和死在一旁的木村等人。

「這些沒用的傢伙！」

要死最起碼也要拉更多米國人信來陪葬，不然絕對不會甘心。想到這裡，中島長長吐了一口氣，彷彿要將胸中的抑鬱一吐而盡。

他看著地上的屍體之後轉頭問著００２，「身上都搜過了嗎？有沒有什麼資料？」

「報告大校，資料有英文的、也有中文的。」００２站直身子向著中島報告。

「嗯，給我看看。」

「是。」００２把手上的一疊資料交給了中島大校，中島大校仔細地翻閱這些資料。良久之後他停下手，眼神陰冷地判斷著後續的情勢推演，如果米國人在目前這情況下，應該會怎麼做。

他點了點頭，當年他在米國所接受的軍事訓練，讓他很清楚米國人的佈局策略，人員的安危與武力的保存絕對是米軍的第一考量，要是這樣的話……

現在雙方已經進入了「貓抓老鼠」的遊戲，但是誰是貓？誰又是鼠？手上的這些資料已經足夠讓他來掌控這場遊戲，他的嘴角露出一絲冷笑。

「走吧！」

中島伸手將炸彈計時器設定好，拉著爆炸引線帶領著眾人往山洞後方走去。

53

「還是沒辦法。」

李歐拿著GPS手機一直嘗試撥通電話，話筒傳出的「嘟嘟嘟」故障聲響讓他有點沮喪。

「摔下河的時候撞壞的嗎？還是……」李歐有點懷疑地轉頭看著坐在河岸上拿著衛星電話發呆的明日香。

「怎麼了？」明日香心神不寧地看著李歐。

「沒事。」

李歐搖搖頭，他心想，這下好了，CIA的每支手機都有一個防止其他單位竊聽的特殊編碼，眼下也不可能拿日本特搜人員的電話和雷蒙聯絡，那現在怎麼辦呢？

「唉……我們都被拋棄了。」李歐在明日香身旁坐了下來。

「沒有用嗎？」明日香關心地問。

「摔壞了吧。現在好像只能接收訊息，對外訊息一直發不出去。」李歐嘆了一口氣。

「妳和妳的單位有聯絡上嗎？」李歐看一看明日香手上的衛星電話。

「沒有。」明日香搖搖頭。

「是嗎？」

這樣的訊息代表什麼？李歐皺著眉頭看著明日香。

從一開始明日香的衛星電話就沒有打通過，這代表的是「單位」不願和他們聯絡？另外一種可能就是明日香他們被「單位」放棄了，難道日本情報單位已經知道他們全軍覆沒？那他們的訊息是從何得知？不是日本情報單位出了內奸的話，那就是……

李歐想到這裡突然臉色大變。

該死，山洞裡頭死的不光是台灣人和日本人，一定還有海豹部隊。

李歐轉身一把抓住明日香。

「李歐，你幹什麼？」明日香嚇了一大跳掙扎著。

李歐不放手激動地問她：「你們這些騙子！山洞裡面死了幾個海豹部隊？」

他猜到了！明日香臉色倏然變白看著李歐，李歐看到她的反應更加確定自己的猜測沒錯。

「說！究竟死了多少人？」快氣炸的李歐緊抓著明日香的胸口不放。

「兩個。連台灣士兵大概是十個人。請你放尊重一點！」明日香用力掙脫李歐的手，一邊整理衣服，一邊憤怒地瞪著李歐。

「尊重？妳知不知道現在的危機？」李歐怒眼看著明日香。

「什麼？」明日香聽不太懂李歐話中的含義。

「妳自己很清楚。因為你們的作戰計畫失敗，你們的『單位』已經放棄妳了，所以妳的電話才會打不通，這是理所當然的。但是妳有沒有想到你們這個偉大的計畫，已經被美國政府知道了呢？」李歐掩不住滿臉怒容。

他說的有可能是真的，李歐的分析不是沒有道理。明日香一下子愣住了。

「如果美國政府知道了這件事，知道在台美軍有了危機，妳猜他們會怎麼處理？」李歐指著明日香。

「會不擇手段炸爛這個地方？」明日香思緒一片混亂看著李歐。

「他們會在最短時間內用炸彈或是飛彈把這裡整個炸平！我們最好收一收快點離開。」李歐警告著明日香。

原子彈蕈狀雲爆炸的情景，強大的輻射波和震波往外擴散，無辜百姓在意識到之前便瞬間化為灰燼……

明日香的腦海閃過這些恐怖的黑白畫面，她頓時呆住，脫口而出：

「原子彈爆炸！」

「什麼？」李歐懷疑地看著明日香。

「我說……原子彈爆炸。」明日香的臉因為驚懼而蒼白。

李歐也感染到她的恐懼，於是便放低聲調安慰著明日香，「美國不可能用核彈攻擊台灣，妳想太多了。」李歐握著明日香的手輕聲說著。

「不是。山洞裡面有原子彈。」明日香哆嗦地看著李歐。

「什麼！」李歐大驚失色的看著明日香。

「是真的。」明日香恐懼的看著李歐。

這下子真的完蛋了！李歐臉色倏然一變。

「什麼聲音？」明日香臉色慘白的抬頭望著四周。

李歐側耳聽著，遠方天空傳來「嘟嘟嘟」的直升機聲響，和裝甲車輛遠遠駛來的聲音。

「看來台灣部隊已經發現這個地方了，我們往下游走，先觀察一下再說。」李歐拉起明日香走入河岸隱蔽處。

「他們會不會用炸藥引爆山洞？」明日香突然停下腳步問著李歐。

「我不知道……」李歐表情一凜。

如果美國要求台灣部隊以高劑量炸彈引爆山洞的話，那麼台灣就會馬上落入萬劫不復的境地。

明日香和李歐不約而同地回頭看著河岸上游，風低聲吹過林梢，黑暗茂密的樹林中隱藏著令人害怕的巨大危機。

54

夜晚的台東大武山區人聲鼎沸，幾盞大型探照燈的光芒讓現場有如白晝。台灣陸軍特戰部隊已經完全封鎖住山洞的周邊，十來個美軍士兵穿著輻射隔離衣，站在封鎖線內進行警戒任務，一位美軍上校則是在山洞旁嚴密觀察。

戴著貝雷帽的特戰部隊指揮官羅上校對著一旁的國防部督導不滿地說：「這個破爛防空洞裡面會有什麼？美國人想太多了吧。下面的人說這些美國士兵比我們還早到，也不知道這些美國兵在搞些什麼東西！」

「我也不知道啊，但是他們說得十萬火急，還找了『高高層』施壓要求馬上處理。一來就要大型噴火器，說是要先將防空洞整個燒一遍，還要求燒光之後把裡面的東西全部清出來，送到美國去。真是夠了。」督導憤憤不平地說著。

其實他最幹譙的是，要不是這件突如其來的任務，他早就回家上床睡覺了，而不是三更半夜還在台東山區內隨著這些人瞎起鬨。

「學長，說真的，我都快煩死了。我一堆事情沒搞完，又得來管這件事，真他媽的煩啊。」

督導清楚知道羅上校說的是他底下的斥候班，連同兩個美軍已經失蹤長達八小時的事。但是，你的人失蹤關我屁事？

「別說啦。記住，等一下火燒完後叫弟兄進去要小心，知道嗎？上面有交代不要把任何東西打破或是倒出來，放射性的東西要小心處理！」

督導只想快點把美國人的事情弄完，其他事情不是他現在想關心的。

「放射性物質？裡面怎麼會有這種東西？美國人放的嗎？」羅上校懷疑地看著督導。

「鬼知道啊。上面也說得語焉不詳，可能他們也搞不清楚吧。反正我們照著做就對了。」

「媽的！這些美國人為什麼不自己去燒、自己去搬啊！怎麼，台灣軍人的命就不值錢啊？」羅上校有點上火氣了。

「好啦，別一直媽的媽的，快點做吧。」督導也沒好氣地催促著羅上校。

羅上校臭著臉往後喊：「媽的，第一連和化學兵都準備好了嗎？」

「報告指揮官，已經全部準備好了。」一群全身穿著白衣的化學部隊正看著兩人。

「好了就……」

羅上校話還沒說完，突然「砰」一聲巨大爆炸聲響傳出，整個山洞瞬間全部崩塌。

「小心！」一旁的參謀還來不及大喊，眾人被震得紛紛趴在地上，過了一會兒大家起身看著崩塌的山洞。

「媽的！怎麼回事啊？誰引爆的？」羅上校對著灰頭土臉的化學連連長大吼。

「你還不快點叫人測輻射值。白痴啊，快一點。」美軍上校氣急敗壞地對著督導大叫。

「快叫你的人量一量現場輻射值。快點！」督導指揮著羅上校。

「現在輻射值是多少？化學排？」指揮官有點慌了手腳。

一旁的化學兵看著輻射偵測儀上的輻射值變化，眾人緊張的看著數值，化學兵搖搖頭看著眾人。

「報告指揮官，輻射值一切正常。」化學連連長滿臉不解地對著督導和羅上校報告。

「學長，沒事啊……一切正常，你要不要跟他說一下。裡面真的有輻射物質嗎？」羅上校有點搞糊塗了，這些美國兵現在是怎樣？裡面真的有什麼玩意兒嗎？

「先生，輻射值一切正常。」督導看著美軍上校比出「一切沒事」的手勢。

「喔，我的天啊！」美軍上校臉色大變，小跑步前往一旁的美軍軍車。

「怎麼了？」羅上校看著督導，不自覺地將自己頭上的帽子拿下來不安地搓動著。

「搞不清楚……」督導看著美軍上校的舉動也是一臉疑惑。

上校在車上拿起衛星電話回撥給太平洋軍區總司令部。

55

戶外陽光格外亮眼，氣溫也很適宜。如果不是主持這個攸關核子爆炸和小鷹號航母艦隊的存亡會議，米契爾會一早就在高爾夫俱樂部中揮出他十八洞的第一桿，然後和當地仕紳吃個豐盛的午餐，晚上再帶著太太搭軍用專機飛去檀香山參加一個高級的慈善晚宴，女人總是喜歡這一套。但是現在的米契爾卻是雙手捧住頭陷入深思之中，美、日高階將領坐在會議室內看著他，現場氣氛嚴厲肅殺。

「山洞自爆，蟲可能跑了。」

這幾個字讓他不自禁又開始頭痛起來，最好的解決方式看起來已經宣告失敗。

「司令請您看一下。」

隨從參謀走近、低聲地把另一張紙遞上來，米契爾拿起紙看著上面的字：「查到台灣軍方昨日曾偵搜到一不明飛行物體出現，之後該飛行物進入台灣海峽，但是台灣軍方並未將之列入觀測報告。」

「這群混蛋！」米契爾咬牙切齒、低聲罵了一句，現在要正進入台灣海峽南段的小鷹號掉頭可能已經嫌晚了。

米契爾又看了一下安室，心裡暗想：你們這些該死的日本人，專門給我搞飛機，你怎麼不學前輩去切腹自殺啊？米契爾盯著悶不作聲的安室司令。

「你的想法？吉米。」

米契爾轉頭詢問戴著黑圓眼鏡、一直咬著筆看著資料的首席戰術顧問吉米，同時將手中的紙條遞過去。

「嗯……從日本提供的資料和情報顯示，我們的雷達和衛星系統在過去這一段時間內，除了民航機外，完全沒有發現任何飛行物，這表示這些蟲子還是躲在附近。他們自己炸毀山洞，代表他們已經將甲冑穿在身上離開，很可能是要準備執行自殺任務。從日本提供的資料中可得知，他們身上的分離式原子彈的爆炸強度約為一萬噸黃色炸藥，爆炸威力再加上輻射波的傷害，是可以將整個小鷹號艦隊全部消滅。」吉米用筆搔著腦袋回答。

「你的建議是？」

米契爾不但想聽聽他的建議，還想挖個坑給吉米往內跳。

吉米停了一下看著會議室的眾人。

「我想應該分兩點。第一點就是從資料中我們得知，德國人將原子彈拆成三個部分，也就是鈾235、鈽239，和高性能炸藥，他們拆成了三件甲冑，每件大約二十公斤。說到這裡不能不佩服德國人，可以成功開發出這樣的組裝方式。可是這樣的安排雖然靈活，卻也造成了重大缺點，也就是說，必須要在『三位一體』的情況下，才能引爆原子彈。所以我們只要消滅掉其中一人……不，一隻蟲子，就能解除原爆危機。但是，現在看起來這幾隻蟲子始終在一塊，所以第一點可能是行不通的。」

「那第二點呢？」米契爾點點頭。

「第二點就是，從日本拿到資料後，我們馬上進行毒蜂和螳螂的習性研究，後來發現兩者共有的一些弱點……」吉米頓了一下，「因為牠們本身習性的緣故，這兩種昆蟲都無法於晚間飛行，也就是說，從天黑直到第二天太陽出來後的一個小時，在台灣當地也就是大約七點左右，這些蟲子基本上活動力是很小的。」

「長官？」一個軍官舉手。

「請說。」吉米對著軍官點點頭。

「所以這代表著我們可以在這段時間內，用捕蟲網去抓牠們嗎？」

眾人哄堂大笑，米契爾以嚴厲眼光看著軍官，眾人收起笑聲。

「對不起，我只是想讓氣氛輕鬆點。」軍官知道自己闖了禍，收起笑容小聲說著。

「絕對不要再這樣做。知道嗎？」米契爾厲聲指責著軍官。

「是的，長官。」軍官板起面孔回答。

「吉米，你繼續說。」米契爾回看著吉米。

「靜止不動不代表沒有危險性，何況他們身上穿的是原子彈半成品，所以還是要非常小心。」吉米的語調表現出他對剛才發言的軍官相當不以為然。

「還有嗎？」米契爾又瞪了剛才失言的軍官，軍官緊抿著嘴。

「根據這兩種昆蟲的習性，加上以牠們放大後的體積來換算，牠們就算離開山洞，也應該還是在方圓五公里的範圍內找地方休息，也就是……」

吉米走到台灣地圖旁邊，以山洞基地為圓心，畫了一個半徑五公里的大圓圈。

「牠們應該還在這裡，但是，在山區裡這麼大的搜尋範圍，是不可能在晚間八個小時內完成的。」

吉米很乾脆地拿起圖釘，往大武山區的中心點按下去。

「如果我們用適當的武器在這一點爆炸的話……」吉米看著米契爾。

「方圓十公里內的所有東西都將消失，當然也包括那幾隻蟲。」吉米對著所有人說道。

眾人互相對望默不作聲，其實大家都清楚下一步，這點美、日雙方在想法上有了基本共識。

「你的意思是……」米契爾想要讓吉米說出那一句，應該要由他說出的決定。

「再來就要看您的決定了，先生。」吉米及時替自己踩了煞車。

這狡猾的狐狸，米契爾暗自罵了一句。

「這個範圍內有多少人口？」米契爾無可奈何地繼續往下追問。

「一百萬左右，直接和間接的。」吉米回答得很小心。

「報告長官，戰情訊息。」情報官推開門，在眾人注目之下拿著一份文件交給米契爾，米契爾看完後嘆了一口氣。

「是該決定的時候了。」米契爾捏著文件敲擊會議桌沉思著，眾人等待他最後的裁示。

「空軍戰術指揮部有人在現場嗎？」米契爾問道。

「是，長官。我在這裡。」一個軍官舉手回答。

「你立刻從關島調派 B2 轟炸機，裝上一枚戰術核導彈，前往攻擊台東大武山區來引爆原子彈。大家要知道，我絕對不會讓原子彈離開台灣，我一定要保護小鷹號航母艦隊的安全。大家明白嗎？」米契爾語氣堅定地看著眾人。

雖然這個方式是意料之中，但炸彈攻擊只是選項之一，現在看起來米契爾選擇了這個最不好的選項，卻也是最保險的方式。眾人互相對望了一下，有些人臉上顯示出不安。

「在台灣當地引發核爆？」安室司令驚訝莫名。

「廢話。」米契爾看著安室。

「長官，任何方式使用核武，或是破壞對方核武設施，都必須要有總統的授權。」戰術空軍司令出言提醒。

「拿去。」米契爾將手上印有白宮標誌的文件遞了過去。

「嗯……」戰術空軍司令看完後，將自己頸上的六角形的鑰匙項鏈掏出，輕輕將鑰匙「喀噠」一聲放在桌上。

「確認完畢。」戰術空軍司令面無表情地回應著米契爾。

「好。」米契爾也將自己項鏈上同樣款式的鑰匙取下放在桌上。

「拿走吧。」米契爾眼神凝重的看著桌上兩支並列的鑰匙。

「是。」戰略轟炸部隊軍官取走了兩支鑰匙，行禮後走出會議室。

在場所有的人都知道，要這兩支鑰匙才能共同打開存放轟炸密碼的盒子，再接著就是執行對台灣的炸彈投擲任務。如果一切順利，這將是繼廣島、長崎原爆之後，人類第三次的原爆攻擊。這次原子彈爆炸必將造成不亞於廣島、長崎的巨大死傷與災難，而這一切的背後卻是為了維護美國本身的利益。想到這裡每個人不禁沉重起來。

天佑美國！

「那台灣方面需要照會嗎？」安室結結巴巴說著。

「我會請國務卿打電話告訴他們的總統，這樣就夠了。」米契爾說道。

「那轟炸或是核爆的原因是？」安室有點語無倫次了。

「我們從阿拉斯加飛往夏威夷的軍機掉下去了，上面有微型核武。」米契爾雙手抱胸直瞪著安室司令。

「這樣……好嗎？」

安室想到死在台東的木村，怎麼樣也要想辦法讓他回到日本安葬。

「日本難道從頭到尾都不需要負擔一些責任嗎？你們想自己解決，那現在呢？你們只會說風涼話。」米契爾指責著安室。

「那台灣方面會怎麼想呢？」

安室有點焦慮了，撇開木村不談，畢竟台灣相較於其他亞洲國家來說，對日本是最友善的，他於公於私都不太想要看到這種結局。

「台灣。哼，他們這個麻煩製造者。只要請我們總統和你們首相，以後對他們稍微好一點就夠了，不必太在乎他們的感覺。安室，日本首相現在正跟美國總統通電話，你不要再嘍唆了。」米契爾強硬地說道。

「是嗎？」

形勢比人強，安室司令只能乖乖閉嘴，想到剛才被米契爾打的那一巴掌，安室下意識地摸摸臉龐。

56

今天是小鷹號離開日本橫須賀港的第十二天。小鷹號往南由台灣東部外海航行，穿越巴士海峽，現正以每小時四至六節的速度準備再由南往北經台灣海峽返回橫須賀港。雖然此行遭到中國政府的強烈抗議，但為了戰略局勢的考量，美軍還是選擇忽略中國的不滿，讓小鷹號靠近南海之後再往北折返，目前剛通過恆春半島外海進入台灣海峽，準備進行下一階段的演習任務。

「好。知道了。」艦橋上艦長J．P．威爾遜少將睡眼惺忪，一臉疑惑地掛上戰情室撥上來的電話。

搞什麼東西？威爾遜心裡咕噥著，手上握著一杯熱燙的咖啡，腦袋裡還是一團迷霧。他來到了艦橋，不過還是不太清楚為什麼米契爾總司令要求小鷹號馬上轉向，全速掉頭離開台灣海峽直接前往關島，F-18戰機明天一早也要立即升空擔任一級警備任務。

為什麼？

一陣直升機降落的巨大螺旋槳噪音從飛行甲板傳來，打斷了他的思緒。這是一架隸屬於「藍嶺號」指揮艦上的海王星直升機，在飛行士官引導下降落到直升機甲板，威爾遜看到艦隊司令湯普森走下直升機。

連艦隊司令都親自來了，究竟發生了什麼事？威爾遜感到有點不安。

海上夜間飛行是需要高超的技巧和一點冒險的勇氣，如果不是有要事，湯普森沒必要這時候親自趕來。威爾遜注視著從飛行甲板向艦橋走來的湯普森，艦橋上所有軍官彼此互望，不安的情緒開始在艦橋上浮動，每個人都隱約感覺有大事即將發生。

「長官。」威爾遜對著湯普森行了個舉手禮。

「去艦長室。」湯普森舉手回了一下，手順勢的比了比之後隨即向艦長室走去。

「長官？」威爾遜疑惑地跟著湯普森走向自己的房間。臥室一團凌亂，湯普森無視地拉了個椅子坐下。

「威爾遜，我們有大麻煩了。」湯普森直視威爾遜說道。

威爾遜不自覺地吸了一口氣。你被撤換了嗎？他心想，看著湯普森不語。

「有原子彈即將攻擊小鷹號。」湯普森神情嚴肅地看著威爾遜。

「什麼？」

威爾遜嚇了一跳，「有原子彈即將攻擊小鷹號？是誰？聖戰組織嗎？他們哪來的原子彈？」威爾遜的眉毛豎了起來看著湯普森。

「不是，是希特勒和神風特攻隊。」湯普森臉上沒有笑容。

「啊？」威爾遜不可置信地看著湯普森。

手錶指針指著一點零五分。

艦橋值星官微微皺眉放下手腕，湯普森司令和艦長已經談了快一個小時，現在下一步該怎麼辦？

「報告，這是中國海測艦發出的電碼。」電戰室將一張紙交給了值星官。

「美軍有不尋常活動，非演習。」紙上簡單幾個字讓值星官的眉頭皺得更緊。

這些中國人的鼻子還真是靈呀，值星官皺著眉想著，脫下帽子抓抓日漸稀疏的頭髮。

「各位！」

艦長低沉的聲音從後面傳來，艦橋上所有官兵立即立正，湯普森和威爾遜走向前看著所有官兵。

「由於本艦隊……尤其是小鷹號，有可能遭受到不可預知的恐怖攻擊，所以必須馬上轉向，全速前往關島。全艦進入一級戰備，所有官兵從現在開始停止任何形式的休假，直到狀況解除。明白嗎？」威爾遜表情凝重地說著。

「是，長官。」眾人齊聲回答。

威爾遜看了一下湯普森用眼神詢問著，湯普森點點頭。

「各位，」湯普森清清喉嚨，「這不是演習，請大家一定要提高警覺來面對任何情況，我們有信心能安然度過這次危機，最後……」湯普森看著眾人，「天佑美國，也願上帝祝福各位。」

眾人心頭一凜，現在的情況恐怕已超過他們的預期，否則湯普森不會說這樣的話，危機看起來已經迫在眉睫。

「長官。」值星官將手上關於中國海測艦的翻譯密件交給了威爾遜。

「連中國人也來參一腳……」威爾遜有點惱火，不動聲色地將電譯交給了湯普森。

「嗯，只要他們不進入我們的監視範圍，就先不管他們。現在事情已經夠多了，我不想海南島事件再次發生。」

湯普森說完後，將資料遞給一旁的情報官。

「艦長。」值星官轉頭看著威爾遜等候指示。

「航速提到二十節，右滿舵，戰機準備一早升空。」威爾遜伸手扶了扶帽沿交代著值星官。

「是。航速提到二十節，右滿舵，戰機單位準備。」值星官有條不紊地對著艦橋上所有的官兵發號施令。

腳下的甲板隱隱傳來一陣加速產生的震動，威爾遜點點頭，八座共可產生二十八萬匹馬力的高壓蒸汽鍋爐，已經帶動起四座蒸汽渦輪主機，水下俥葉賣力轉動著，力求讓小鷹號在最短時間內脫離危險區域。

威爾遜看著艦橋窗外，原本摺疊起雙翼的 F-18 戰機已經陸續從下層甲板升到飛行甲板，艦上官兵忙碌準備，好讓戰機一大早天亮便可起飛擔任戒備任務。

月光皎潔，海面一片平靜，這是戰機出巡與攻擊的最好時刻。那一些背著原子彈的可怖怪物會從哪個方向出現展開自殺攻擊？威爾遜眉頭緊皺，轉頭瞭望著月光反射的海平面。該準備的都準備了，現在就只能祈禱了。湯普森看出威爾遜的心思，兩人彼此心照不宣的點點頭。

同一時間，在台灣的美軍觀察團也被要求在兩小時內，立即從高雄小港搭乘 C-113 式運輸專機撤離到關島，台灣一時呈現風起雲湧、山雨欲來的詭譎局面。

57

「噠噠噠」挖掘機的聲音發出巨響，一旁人聲喧嘩，一群台灣工兵在崩壞的山洞前，想盡辦法用著各種器具往下挖掘，希望能夠刨出一些蛛絲馬跡，而原本在一旁的美軍士兵早就已經不見人影。

「這些傻子。」李歐放下望遠鏡從高點撤退。

「現在怎麼辦？」明日香看著李歐。

「想辦法搶一件甲冑過來。」李歐無奈地說。

「什麼？」明日香不敢相信的看著李歐，她以為自己聽錯了。

從他們手上搶一件甲冑過來，這是天方夜譚嗎？

「只要我們能搶到一件甲冑，那麼原爆００１計畫就會受阻，台灣便不會遭到轟炸，原子彈危機自然能夠消除。所以，當務之急就是搶過一件甲冑來阻止原爆００１計畫。」

李歐摸摸額頭看著明日香。

「山洞都炸爛了，去哪裡找這些蟲人？」明日香懷疑地問道。

「他們飛不遠的，一定還在附近。」李歐看起來很有把握。

「怎麼說？」明日香這下子覺得李歐是認真的。

「因為夜晚的關係。蜜蜂和螳螂不算是夜行性的昆蟲，不太具備有夜間飛行的能力。此外，要執行這麼長的飛行距離，一定要借助熱氣流上升原理才能飛到那麼遠去攻擊。再加上他們其中有人中毒，有人受傷，所以我敢斷定他們一定還躲藏在附近休息，儲備明天攻擊的體力。」

「是嗎，所以現在我們該怎麼做？」

明日香話中的意思再明白不過了：就我們兩個人？你打算怎麼辦？

「你們還剩下幾瓶殺蟲劑？」李歐看著明日香。

58

黑夜籠罩的恆春聯訓中心一片鬧烘烘的景象。

「轟轟轟」十輪大卡車噴出黑煙，全副武裝的美軍憲兵持槍警戒，也隨著美軍士兵上車前往小港機場，準備搭乘專機前往關島基地。

「怎麼回事？」

聯訓中心的士兵擔憂地看著美軍所留下的裝備和重機械，而四處流布的耳語也讓大夥兒感覺不祥，因為小鷹號航空母艦在台灣海峽已經一百八十度地掉頭駛去，看起來美軍是打算全面棄守台灣。

「解放軍要打過來了嗎？」

每個聯訓中心的台灣軍人都面帶惶恐地四處打探美軍突然撤退的真正原因，感覺像是一九七五年美軍自西貢撤退前的景象，整個營區簡直快發瘋了。

「嘶嘶嘶」的聲音持續傳出，特殊的大型碎紙機不斷銷毀一堆又一堆的檔案資料，一旁雷蒙拿著衛星電話深思著，李歐再不回電的話麻煩就大了。

雷蒙忍住想撥號的衝動，他可不想破壞情報單位下級向上級單向傳輸的規矩。究竟怎麼回事？是被蜜蜂咬死了嗎？雷蒙摸著頭想不出個所以然，李歐失聯已經超過十二個小時了，但是GPS接收器中顯示他是一直朝北走的。莫非他是被誰抓走了？是台灣人嗎？台灣情報單位應該沒有這種狗膽吧？現在究竟是怎樣？雷蒙已經無法再等下去了。

「長官，時間不多了，我們必須馬上離開。」一個憲兵探頭進來看著雷蒙。

「知道了。」雷蒙看了憲兵一眼。

算了，就當算是做好事吧。他開啟衛星電話熟練地按下按鍵發出一則短訊。希望他能收到，雷蒙暗自想著，因為再過三個小時，台灣南部、東部和恆春半島將會被核彈夷為平地，所以如果還不回覆的話，李歐看起來也將難逃死劫，雷蒙忍不住又是胡思亂想。

「長官。」憲兵一聲催促。

雷蒙回過神站起身，拿起外套和公事包。雷蒙按下碎紙機上的一個按鈕，看著鋼製的碎紙機內櫃開始冒出火花。雷蒙心想，等裡面上升到攝氏五百度的高溫後，內櫃裡特殊的液體會自動噴灑出來降溫，屆時所有銷毀的文件都將成為濕爛的泥漿，想要以任何手段試圖去解讀原件都是枉然。

「走吧。」

雷蒙握著衛星電話跟著憲兵快步走出辦公室。

59

「嗶嗶」的訊號聲響讓正在工作的李歐和明日香嚇了一跳，「電話居然還有用……」

李歐拿起手機看著雷蒙送來的簡訊。

「送子鳥祝小男孩一八〇放煙火快樂。」

簡單幾個字，確認了李歐的推想，但他沒想到美軍居然如此強硬到要動用核武。

「我們還有三個小時。」李歐放下手機，但不敢對明日香全然說出實情。

「是嗎？」明日香停下裝填毒液的動作，擔心地看著李歐。

「得快一點了，天快亮了。」

李歐抬頭張望著天空，此時東方已經微微出現屬於晨曦的紫紅，估計再過兩個小時天就會全亮。李歐心想等到天色明亮、氣溫升高，就會是毒蜂人出發攻擊的時間。現在要加緊速度了。

「好了。」

明日香將最後一個子彈塞進了彈匣。這些子彈不需要打中，只要能劃破蟲人的皮膚表層，子彈上的毒液就能與蟲人的變種細胞相結合，進一步產生連鎖吞噬反應，蟲人就會在最短時間內陷入昏迷，甚至死亡。

這已經是最後一招了，李歐希望這招能管用。

「走吧！」李歐拉開自己手槍上的保險對著明日香說道。

「現在怎麼找這些蟲人？」明日香問道。

李歐指了指山洞方向的河谷下游，「如果有第二基地，那一定會是沿著河谷往下鑿，這樣子做一來是為了方便進出，也比較容易隱藏，二來是為了通風。」

「是嗎？」明日香露出不太相信的神情。

「相信我。」現在多說無益，李歐不想多做解釋，笑笑之後轉身往河岸下方走去。

最好你是對的，明日香心想，但目前也別無他法，只能跟著李歐往河谷走去。

60

微微的光線從上方的裂縫中照射著黝黑的洞穴，中島大校看著眼前三位特攻隊員著裝，三人的臉不時呈現著毒蜂和人臉的交替變換。

「這一瓶是已經存放六十幾年的珍釀。」

中島大校忍住槍傷的疼痛，勉力拿出一瓶標籤都已脫落的清酒倒在淺碟中，放在一張木桌上，他在每個人的面前都擺上一杯。木桌上除了清酒之外，另外擺放了三件甲冑，以及相框玻璃被摔壞的裕仁天皇的玉照。現在這一刻是特攻隊員最光榮的時刻。

「行禮。」

中島一聲令下，四人站在裕仁天皇的玉照面前一起彎下了腰行了個最敬禮。

中島大校面對著這三個隊員意味深長地說，「昨天晚上我想過了，日本投降這件事我們不能怪罪於天皇，因為如果他的終戰詔書是為了整個日本國的子民的話，那麼他要負擔的責任遠超過我們的想像。不過……」中島停了一下，眼前這三個人還是緊抿著嘴不發一語。

「日本的現況，以及我們今天四個人會變成這樣，其實追根究柢就是米國人害的，所以唯有消滅米國人才能紓解我們的怨氣。」中島大校用力握拳激動地說。

「『花開即應有散落的覺悟，等不到誓約之日，為何就此凋零飄謝？』就在今天，我的生命就會結束，但是我已經覺悟，也根本不會害怕，因為為了這一天，我已經準備了六十年。不管世界如何變化，我相信我們完成任務的決心是絕對不會改變的。大家一起努力吧，日本帝國萬歲！」中島大校怒吼著。

「萬歲！萬歲！」

三個特攻隊員也是神情澎湃地吼叫著，小小的山洞中迴盪著激昂的情緒。

61

除了細微的腳步聲外，河岸邊是一片靜默，一種面對死亡的沉寂。

上午五點三十分。

明日香的手錶指著令人不安的時間，距離美軍投彈大概只剩兩個小時，而前面左顧右盼的李歐似乎還沒找到他預想中的「第二基地」。

也好，反正全部的人都陣亡了，我們是被遺棄的一群。

明日香有點自暴自棄地想著這件事。她現在的精神和身體已經快瀕臨崩潰的臨界點，肩膀上蜂螫的疼痛已然麻痹，她機械般抬著腳隨著李歐沿著河床向前，尋找未知的洞穴入口。

「有了。」

李歐忽然眼睛一亮，指著一個離河不遠，藏在雜樹林中約莫八十公分大小的舊式排水口，幾隻蜜蜂正在排水口進進出出。

李歐轉頭看著明日香，「找到了。」

明日香搖搖頭試圖振作精神往前看去。

「來，把手榴彈拿過來這裡。」

李歐邊說邊涉水走到排水口前蹲下身子，拿出釣魚線準備製作陷阱。

明日香呆呆站立看著李歐的動作，覺得李歐的影像怎麼這麼搖晃？我的面前究竟有幾個李歐？

「明日香。」李歐大驚。

明日香眼睛一黑、身體一歪倒入河中，水花隨之飛濺而起，落水的聲響打破了山區原有的沉靜。

62

光線已經直射進入山洞之中，溫暖的感覺讓中島大校精神為之一振。出發的時間到了，中島心想著。

「嗡嗡嗡」的聲音從後傳來，中島回頭，只見三位毒蜂飛行員已經穿上甲冑，而巨大的複翅在揮動時毫不受到甲冑的影響，中島滿意地點點頭。

自己當初會挑「毒蜂菌」作為第一選擇，就是看準了每一隻蜜蜂可以扛起超過自己體重的特性。二十公斤重的甲冑對於毒蜂部隊而言，根本算不了什麼，更何況這些飛行員都已經受過了相當程度的磨練。

中島走到桌前端起酒杯對著眾人再次勉勵，「寧為玉碎。日本帝國萬歲！」中島將手中的清酒一飲而盡。

「萬歲！」

眾人大喊後也舉杯同飲，中島大校將杯子甩到一旁，「磅啷」清脆的響聲迴盪在山洞之中。

「毒蜂部隊出發。」

中島大校跨進吊籃之中正坐，由毒蜂002和毒蜂003一同吊起飛行，「嗡嗡」聲響起，毒蜂部隊起飛朝向洞口飛去。

63

河岸旁陰涼的角落，李歐躲在岩石的隱蔽處有點無奈地抱著濕漉漉的明日香。的確，離轟炸只剩下兩個小時不到的時間，明日香暈倒根本不在他當初推想的範圍之內。

「明日香？」李歐輕拍著明日香的臉頰。

沒有反應。

眼前臉色蒼白、氣若遊絲的明日香看起來已經快不行了，看起來第二支解毒劑的功效還未發揮。現在該怎麼辦？李歐苦惱著，忽然一陣熟悉的「嗡嗡嗡」聲音傳來，李歐瞬間臉色大變。

完了。他們要離開了。

李歐放下明日香，抓起一旁裝有毒液子彈的貝瑞塔手槍，小心探出頭從掩蔽處望出去，只見毒蜂部隊平穩的從約一千英尺的上空劃過向著出海口飛去。

飛這麼高？現在攔不住就死定了，反正都是得死，賭一下吧。

李歐乾脆舉起手槍對著毒蜂部隊瞄準就是一陣連射，槍聲一時大作。

突如其來的槍聲和子彈讓毒蜂部隊和中島大校嚇了一跳，在本能反應之下毒蜂部隊瞬間飛高，眾人轉過身來看著地上持槍往天空亂射的李歐。

「是他。」

毒蜂００１想起這就是被他在洞穴外螫中的那個米國人，居然沒死。背包中的照片。

毒蜂００１的腦中又浮現出雪子的影像，和那張全家福的照片。

「別管他，我們的目標不是這個混蛋。」

中島大校制止了蠢蠢欲動的毒蜂００２和００３。

「走吧。」中島大校下令。

「我要殺了他！」毒蜂００１這句話讓中島大校不禁回過頭看著毒蜂００１。

「什麼？」

「米國人都該死。」毒蜂００１看著李歐的眼睛閃動著奇詭的光芒。

「嗯……」中島大校沉吟著，毒蜂００１不像００２或是００３需要吊著自己往前飛，他應該能隨後跟上才對，而殺個米國人應該能夠讓他的情緒更高亢……就這麼決定吧。

「你殺了他以後快點跟上隊伍，我們先走，把你的甲冑給我。」中島大校有點不放心，不管怎樣至少要完成自己的任務。

「是。」毒蜂001將甲冑脫下交給了中島大校後轉身往下飛去，漂亮的弧度宛如零式戰機的俯衝。子彈已打光的李歐眼見苗頭不對，拔腿向著樹林中竄去。

中島大校看了看奔逃的李歐，就好像獵鷹看著地上的兔子，「這麼渺小的米國人，殺了他也是應該的。去看一下。」中島大校和毒蜂002、003飛低，看著毒蜂001追著李歐衝入了樹林，隨即聽到李歐傳來一聲慘叫。

中島大校冷笑了一聲，「米國人去死吧，我們走。」

中島大校指揮著毒蜂002和003重新飛高，向著外海飛去尋找小鷹號的蹤跡。

64

一雙腳狂踏著岸邊的水窪往前急奔，李歐這輩子從來沒跑得如此快過。

「該死。」

李歐咬緊牙關、滿頭是汗地拚命往前跑，但是「嗡嗡嗡」的聲音似乎是越來越大聲，李歐感覺到背後一股氣流逐漸逼近。

這附近沒有任何掩蔽物，一旁的溪流看起來連深一點的地方都沒有，想跳水逃生的機會根本是零。

這一下死定了，李歐心想，他的背肌因為恐懼而緊緊的向內拱起，彷彿要抗拒即將戳入的致命長針。

「簌」一聲，一個物體從李歐正上方高速掠過，同時李歐的腦袋上重重地挨了一記。

「唉呀！」李歐眼冒金星、大叫一聲地踉蹌摔在河中，激起的水花弄得李歐一身狼狽，不過這樣也讓原本眼前一片昏花的李歐醒了過來。

李歐滿臉是水地轉頭看著岸邊，只見毒蜂001站在河邊面無表情地看著自己。李歐抹了一下臉，他的右手下意識地往旁邊伸去。只是一塊石頭，但怎麼樣也要先武裝自己。
「你現在想怎麼樣？來啊！」
李歐握著石頭站起身來，用日語對著毒蜂００１大吼，他現在的憤怒已經超過了恐懼。
「如果你想在殺我之前先玩我的話，我保證你大錯特錯。」
李歐憤怒地看著毒蜂００１，握著石頭的手青筋畢露。
毒蜂００１看著四周，除了水聲之外，只有風捲起樹葉發出沙沙聲響，四周一片寂靜。
毒蜂部隊已經飛走了，他回頭看著李歐。
「他媽的，來吧。」
李歐吞了口口水，握著石頭的手更加用力。
毒蜂００１從飛行上衣中掏出兩張照片對著李歐。
「你能告訴我這兩張照片的由來嗎？」
人聲加上類似金屬摩擦的混合聲響，讓李歐以為他聽錯了。
「什麼？」
李歐右手上的指關節鬆了一點。
「你說什麼？」李歐不敢置信地重複問了一次。

「這兩張照片你是從哪裡拿來的？」毒蜂００１又將兩張照片往前伸了一點，李歐詫異地看著照片，一張照片上是一群日本的年輕飛行員在零式戰機前的合影，另一張是全家福的老舊照片，這兩張照片原來是放在他背包中。

這是那個年輕人的照片，這……不會吧……

李歐恍然大悟，他吸了一口氣看著毒蜂００１，毒蜂００１看著李歐的眼睛透露出期望。

生命是如此難以預測與巧妙安排，李歐這時想起了相片背面的簽名：MORI。說不定是他……

「你是……森是嗎？」

李歐看著眼前這個毒蜂人，他的面貌和照片中的他是完全不同。坦白說，實在無法將人和蜜蜂的相貌做比較，因為兩者是完全不同的物種。雖然說這兩天發生的種種是李歐這輩子碰過最光怪陸離的事情，但是他一時之間還是不太能接受眼前的這個事實，只是根據眼前的狀況嘗試可能的推測。

「你認識他們嗎？」毒蜂００１繼續追問，不回答李歐的問題。

李歐點點頭，「我看到了一個年輕人……和他的父母。」

毒蜂００1的聲音因為激動而變得尖銳，「那你有看到雪子嗎？就是照片中的這個女人。」

「沒有……很抱歉。」

「是嗎……」毒蜂００1的複眼黯淡了下來。

水流的聲音悠遠綿長地往下奔流，命運也是。

李歐將手上的石頭順手丟到河裡，水花打碎了河面上毒蜂００1的倒影，一下子變得四分五裂。

「她是你的太太嗎？」李歐關心地問。

「嗯。」毒蜂００1難過地點了點頭，一種哀傷的氣氛隨著漣漪慢慢往外擴散。

「唉。」李歐不禁嘆了一口氣。

兩人彼此打量著，現在說什麼都是多餘。

「那現在該怎麼辦？」李歐問著，不自覺地看著毒蜂００1，眼中出現了尋求解答的神色，「不解決的話，台灣可能會因此再度陷入戰爭……」李歐試圖訴諸以情。

「我不知道……」毒蜂００1搖搖頭，「原子彈在他們身上。」毒蜂００1看了看天空。

「難怪沒看到你身上的甲冑，」李歐愣了一下，「不過不是要三位一體才能引爆嗎？」

「是的。不過中島大校是拚了命都會執行這個任務的。」毒蜂００１口氣平淡卻又肯定，他只是將李歐最擔心的事情據實陳述。

完蛋了！李歐情緒複雜地倒吸一口冷氣，除了自己可能會死在美軍的核彈攻擊之中，小鷹號航空母艦也是危機重重，他也不知道該如何處理接下來的問題。

天空和陽光如此溫暖平靜，是該走的時候了。

「雪子，我來找妳了。」

毒蜂００１看著照片，他溫柔地將照片重新放入口袋，轉頭看著李歐。

「再見了。」毒蜂００１拍動著複翅緩緩往上飛起。

「你要去哪裡？」李歐焦急大喊。

「去該去的地方。」

「不要去！喂，Mori。」李歐又氣又急。

「再見。好好的活下去吧。」毒蜂００１側身轉向，朝著毒蜂部隊追了過去。

「喂。」李歐看著天空中的毒蜂００１越變越小，直到消失。

「死定了……」李歐喃喃自語。

65

擁有世界最先進的匿蹤技術，以及最怪異的外型，好像一個澳洲土著的回力鏢，這是軍事迷對於 B2 轟炸機的形容，而它也是世界造價最高、續航力最長的轟炸機。此時一架搭載著一枚核彈的 B2 轟炸機正以每小時六百英里的速度，在幾架 F-18 戰機的護衛下朝向台灣前進。

「小男孩，我們只送到這裡了，保重。」

B2 駕駛艙內傳來護衛機的聲音

「收到。」B2 駕駛員開啟通話鈕。

「祝一切順利。」

B2 飛行官往外望去，F-18 駕駛員對著 B2 比出了大拇指，護衛機側身往外飛走，B2 飛行官將通話鍵切到另一個通話頻道。

「夏爾，換你了。」

飛行官透過麥克風呼叫後方的武器官。

「好。」

武器官接手對著夏威夷開始進行通話。

「夏威夷，這裡是『小男孩』，我們距離投彈目標剩下約二百四十英里，預計二十分鐘後到達，請准許開始進行投彈作業。」

「收到。長官？」夏威夷司令部戰情室中一群人注視著螢幕，戰情官回頭看著米契爾。

「嗯……來吧。」米契爾嘆了一口氣說道。

「是。」一旁執行官用兩支鑰匙插入密碼保管箱中同時轉動，「喀嚓」一聲，保管箱的盒蓋打開，執行官將一張密封的密碼紙拿出撕開交給米契爾。

「確認。」米契爾抿著嘴看了一下交給了戰情官。

「小男孩，密碼是……」戰情官將一串混有數字和字母的字串清楚地告訴B2轟炸機上的武器官。

「收到。」武器官將數碼輸入到電腦中，隨即按下輸入鍵。

「嘟」一聲，核彈上的定位電腦開始啟動，這代表著未來彈著點誤差不會超過十公尺，整個大武山區即將遭到核子攻擊。

「夏威夷，我們現在開始減速，預計十八分鐘後投彈。」

「收到。」米契爾面無表情地看著螢幕。

「長官，您還好吧？」參謀低聲、關心地問著米契爾。

「我真痛恨這樣做，上帝保佑。」米契爾無奈地說道。

戰情室內一片寂靜，眾人注視著B2轟炸機的前進方向。

66

薄薄的雲層之下，太平洋海面只有些許的白色浪花，現在的溫度和濕度是那麼適合執行六十年前就該完成的原爆００１任務。毒蜂部隊順著平穩的上升熱氣流向著南方海域飛行。

中島的制服已經一片血紅，毒蜂隊員彼此不安地互看著。

「大校您還好吧？」

毒蜂００３關心地問著中島大校。

「沒事……你們不要管我。」

中島大校軍人的強硬本色展露無遺，就算是死了也要執行完任務的強烈意念支持著中島，換成一般人早就痛到暈死過去。

「咦，米軍的飛機。」已經歸隊穿上甲冑的毒蜂００１對著同僚喊道。

在雲層中，毒蜂部隊看到了幾架繪著美軍標誌的噴射戰機轉頭離開了一架奇形怪狀的黑色飛機，這架黑色飛機獨自向著台灣飛去。

「混蛋，該死的米國人。」

中島大校蒼白的臉又是一陣扭曲，而身上的血滴得越來越快。拚了！中島大校下定決心，轉頭看著毒蜂部隊。

「你們聽好了，記住，你們一定要完成使命，要光榮為國犧牲，做一個真正的日本軍人。日本帝國萬歲，萬歲！」

中島大校說完後從吊籃往下一跳，張開巨大的羽翅使盡全力往B2轟炸機衝過去。

「大校！」

毒蜂001大喊，毒蜂部隊滯空注視著中島大校的行動。

只見中島大校筆直飛向B2轟炸機，機艙內的飛行員驚懼地看著趴在機窗外有著螳螂頭、身穿舊式飛行服的怪物。

「我的天啊，這是什麼東西？」

飛行官大叫著拉起操縱桿，同時啟動後助燃器，飛機瞬間加速拉高，試圖擺脫趴在機窗前的怪物。

「殺掉米國人！」

中島大校大吼後舉起手使出全身力氣對著機窗奮力一擊，「砰」的巨響，四英寸厚的特殊玻璃裂開，中島再連續幾下敲擊，機窗玻璃已被撞出一個大洞。

「嘟嘟嘟……」艙壓警報聲立即響起，B2轟炸機瞬間失壓往下墜落，中島大校竄身進入機艙內看著裡面的四個機組員。

「混蛋，都去死吧。」

中島大校紅著眼，大吼地揮動鐮刀手朝向組員撲了過去。

「救命啊！」

飛行員倉皇地舉起手想要阻擋這迎面而來的巨型鐮刀手。

「小男孩，你們怎麼了？快點回答。」

耳機中傳來總司令部戰情官的呼叫。

「救命啊……」

聲音倏然而止。

毒蜂部隊看著B2轟炸機冒著白煙打轉，往下墜落到太平洋，毒蜂部隊成員皆舉起了右手。「敬禮。」毒蜂001大喊，毒蜂部隊看著海面的爆炸火光，表情嚴肅地為這個不怕犧牲的日本軍人致上最敬禮。

67

面積不大的作戰情報室是美軍太平洋總司令部的中樞，隨著美國不斷擴大在亞洲的軍力布局，這個戰情室負責所有關於美國在東亞及太平洋的軍事行動，不管是主動或是被動，這裡扮演著最終角色。不管是台海危機、北韓導彈試射，這裡都具有絕對的建議權，以及最終的執行權。

「救命啊，螳螂人，螳螂人……」

控制台上的擴音喇叭傳來這樣的驚呼，眾人緊盯著畫面中的螳螂人撲向鏡頭，緊接著訊號變成一片雜訊，戰情室內所有的人不可置信地看著這一切。

「嘟嘟嘟」的聲音傳出，原本在雷達螢幕上代表 B2 轟炸機的訊號光點迅速變弱。戰情事裡一陣騷動，米契爾焦急地看著雷達螢幕上逐漸消失的光點。

「現在是什麼情況？」米契爾怒吼。

戴著耳掛式麥克風的戰情官拚命旋轉螢幕上的旋鈕，「小男孩，小男孩，請回答啊。」戰情官幾乎快失控了。

「滴……」一聲長響，雷達螢幕上的光點倏然消失，眾人以不敢相信的眼神彼此對望，心中的恐懼甚於驚訝。

我們失去了「小男孩」，任務失敗，小鷹號危險了。

「砰」一聲，所有人嚇了一跳，只見米契爾將手上的帽子摔在桌上，戰情室內氣氛極端凝重。

「可惡！可惡！」米契爾氣到猛捶桌子，危機迫在眉睫，現在該怎麼辦？米契爾壓住心中的怒火冷靜看著戰情官。

「以目前情況，這些蟲人飛到小鷹號還有多少時間，吉米？」米契爾看著一直摸著頭髮的吉米。

「以剛剛蟲人行動的速度來推測，我們應該還有七十分鐘。」吉米憂心地回答。

「好。指揮官，馬上切掉導彈引爆裝置，派出搜救艦和飛機立刻趕去 B2 失事現場。救人之外，立刻要把飛機和導彈撈回來，飛機和導彈絕對不能落入任何國家的手中。快點行動。」米契爾果決地下著指令。

「是。」指揮室內呈現一團忙亂景象。

「史蒂夫，我要和小鷹號所有官兵講話。」米契爾對著通訊官說。

「是。」通訊官動手接上了小鷹號通訊系統。

要不要讓他們知道事實？這種事情……米契爾陷入考慮之中。

「長官，已經和小鷹號接上線了，您現在可以和他們講話。」通訊官對著米契爾報告。

「好。」米契爾走到控制台前拿起無線電話筒停了下來，戰情室內的眾人屏息的看著他。

說實話，這樣他們心裡會比較踏實一點。吉米推了一下眼鏡，暗暗希望米契爾做對選擇。

就這麼說吧，米契爾心想，右手按下了通話鍵對著麥克風講話：「小鷹號上所有官兵請注意，這裡是太平洋軍區司令米契爾，請全速往西南航行，並立即派戰機升空巡邏。隨行艦隊啟動一級防護警備，請大家務必提高警覺。」

米契爾放下了話筒，吉米詫異地看著米契爾。

該死，為什麼不說真話？吉米的心涼了半截。

米契爾離開控制台拉過一張椅子坐下，轉過頭看著一臉訝異與不諒解的吉米。

「我不想引起沒必要的恐慌。」米契爾端起一旁早就沒有泡沫的卡布奇諾咖啡，疲憊地轉頭看著吉米。

「我沒意見，長官。」吉米用手抓了抓頭髮，現在不太想再多說些什麼，只能竭盡所能提供自己的一些建議。

現在該怎麼辦？米契爾就像是即將面臨沉船的船員，戰情室的其他人也是。

「吉米，還可以有什麼應變措施？」米契爾看著吉米，他現在需要立即有效的建議。

「有兩種方式，第一種是棄船，讓小鷹號全體人員和飛機在最短時間內離開，也要讓所有護衛艦在這七十分鐘內盡可能遠離小鷹號，並開始準備抵抗輻射波的所有防護。」

「不可能，我的職責不許我這樣做。還有呢？」米契爾否決了這個建議，他可不想這麼快就認輸。

吉米沉默地看著米契爾，搖了搖頭。

「再來，只能要求所有戰機立即升空，我說的是所有戰機。組成高、中、低空的防禦網保護小鷹號，一旦發現這幾隻蟲，就要用盡所有辦法來打掉牠們，不然的話……」

「不然什麼？」

「不然就只能向上帝祈禱了。」吉米嘆了一口氣。

戰情室裡一片默然。

68

藉由上升氣流的幫助，毒蜂部隊只需張開巨大的複翅，就可以用著類似滑翔的方式往南飛行，這和當初駕駛零式戰機的隊員來說又是一種完全不同的體驗。毒蜂００３動了動身體，穿戴在身上的甲冑磨得他有點不太舒服。

「還好嗎？」

這點細微的動作讓緊跟在後的毒蜂００２追上，透過佩戴的飛行通訊用無線電關心地問。

「他這麼關心我……」

彷彿有過一種遙遠情感的反射，一種說不出的美好感覺在瞬間湧上，００３對著００２笑了一笑。

「還好……」

「嗯……不舒服要告訴我。」

００２又細心地提了一句。

看著晴朗的天空和湛藍的海洋，毒蜂００１透過無線電對其他兩人開口。
「００2、００3，今天真是飛行的好天氣啊。」
００2和００3點著頭，００1繼續說，「真奇怪，我這時候的心情反而特別平靜。」
００1看著００2和００3，「有些事情是該說出來了……你們還記得在成為毒蜂部隊之前的事情嗎？」００1試探性地問。
「什麼？」
００2和００3疑惑地看著００1，飛行速度慢了下來。
「比如說……你們記得自己叫什麼名字嗎？」００1看著兩人。
訊號沿著腦幹神經進入００2和００3的記憶庫中，但是關於這個問題的答案卻是空白一片，他們從來沒有想過這個問題。他們現有的記憶都是中島大校的畫面和任務指令，００2和００3彼此面面相覷對望著。
「那你記得你叫什麼嗎？」００3反問００1。
「我是Mori。」００1平靜地回答。
「那我呢？我叫什麼？」００3熱切地看著００1。
這個問題問得００1瞠目結舌，也不知道該如何回答，自己對於他們過往的一切也全然沒有印象。

001緩緩地搖頭：「抱歉……我記不起來。」

「過去的事情為什麼一定要記起來呢？如果是不好的、痛苦的，那又為什麼要記住呢？你問這句話的意義究竟為何？」

002用著斥責的口吻問道。

「但是如果是好的、是值得用一輩子記住的，那為什麼要忘記呢？」003轉頭看著002。

不知道為什麼，他對於002的好感從在洞穴中002替他擋住攻擊時，就開始一直強烈地增加著，這種好感到現在已經變成了一種愛慕。003猛然驚覺自己的轉變，但是看著002對待001嚴厲的態度，他畏縮地隱藏住這份不敢表白的感覺。

「夠了，001，你別再說了，這對我們的任務沒有幫助，記住中島大校的交代吧。」

「是。」

聽見002的嚴肅語氣，001想說出口的一些事情也就此忍住，他不想在這個時候背負起任何背叛的罪名。

003看著002，「我們真的要執行這項任務嗎？」

「是啊，」002號平靜地回答，「死並不可怕，可怕的是死的時候沒有尊嚴。」

「我們會死得有尊嚴嗎？」

「難道我們現在這個樣子，繼續活著會有尊嚴嗎？你完全忘記了中島大校的話了嗎？」002嚴厲反問著003，復仇的怒火已經完全占據了002的內心。

「嗯……」

「003，要記住，我們是日本軍人，是神風特攻隊員，我們的任務就是打勝仗，消滅米國人。」

002大聲唱起了特攻隊歌曲〈同期之櫻〉：「花開即應有散落的覺悟……等不到誓約之日，為何就此凋零飄謝……」

003看著002也開口跟唱著。

「……等不到誓約之日，為何就此凋零飄謝……」

001緊握著口袋中和雪子的合照，不禁眼眶泛紅。

「為何就此凋零飄謝……」001輕嘆著。

「走，全速前進。」002用力鼓動翅膀，指揮著001和003全速向前尋找小鷹號的蹤跡。

69

「長官。」隨從送上一個盤子，上面擺著精心調配過的烤雞三明治和一大杯健怡可樂，裡面有芥末醬和一堆醃黃瓜、黑橄欖片，而這些是艦長最愛的配料。

「謝謝。」威爾遜感激地看了隨從一眼，一直緊皺的眉頭也才稍稍舒緩。從昨晚到現在威爾遜都還沒閉眼，因為除了剛才米契爾的全艦廣播讓自己和大家煩心之外，小鷹號四座推進主機中有兩部從昨晚就發生間斷性的故障，甚至出現漏油的現象。漏出的黑油在小鷹號的後方海面上形成一條蜿蜒的黑帶，這個問題至今都還沒解決，畢竟小鷹號已經服役超過四十年了。現在小鷹號只能靠著兩部主機以每小時十二節的速度向著南太平洋前進，這比原來預定的進度慢上了一大截。

「轟……轟……」戰機不停地頻繁起降，因為擔心最糟糕的狀況發生，這時小鷹號是在第七艦隊的最外圍，與其他艦艇保持著約三十海里以上的距離，缺乏護衛的小鷹號像是缺乏保護的雛鳥，只能自求多福。所以從五點多天剛亮開始，小鷹號上所有的 F-18 大黃蜂、A6-E 入侵者攻擊機，和 E2-C 預警機就不斷全副武裝地彈射起飛，擔任著小鷹號周遭的警戒任務。

威爾遜拿著望遠鏡看著三十海里外由神盾級驅逐艦和其他艦艇所組成的龐大船隊，眼前這是全球最強的海上武力，任何的攻擊行動都必須先考慮要如何有效突破這強大的海空防衛網，以及隨之而來的報復式反擊。

「咻……」F-18戰機起飛時巨大的引擎聲響和氣流，讓他桌上的可樂微微搖晃著，他騰出一隻手扶住杯子，傳來的一股涼意讓他想起湯普森的那句話：「你這一次的對手不是人，千萬記住這一點。」

湯普森講這句話的時候，臉上的擔憂神情是威爾遜認識他那麼久以來最嚴重的一次，比起之前聽到他談九一一大災難時都還要來得嚴肅。

小鷹號上的SPS48 C/E 3D雷達、雷神SPS 49(V)5雷達與一具休斯MK23 TAS雷達，全方面搜索著任何可能侵入戰備區域的蛛絲馬跡。艦橋上的雷達官正在密切觀察雷達螢幕狀況，他可不希望二〇〇〇年十月俄羅斯的SU-27戰鬥機低空模擬轟炸小鷹號成功的事件重演。

「嘟……」一長聲傳來，陣列雷達的螢幕上突然出現三個光點，雷達官深吸一口氣之後大聲喊著：「報告長官，現在有三個不名飛行體進入戰控範圍，距離本艦六十海里……」

緊張的情緒一下子在艦橋上引爆，眾人迅速步入各人的崗位準備迎戰。

「這麼近！」

威爾遜心中一驚，鮮美多汁的三明治一下子也變得如同嚼蠟。威爾遜放下手上的三明治，拿起麥克風在艦橋上對著所有官兵宣布：「所有官兵請注意，目標物已經出現，所有人立即進入戰鬥位置。所有戰機立刻起飛前往攔截，通知藍嶺號指揮艦，馬上展開獵捕行動。」

飛行甲板上所有官兵開始迅速展開新一波的升空行動。但是「目標究竟是什麼？」「是誰派來的？」這兩個疑問是大家最想搞清楚的，不過看起來除非目標出現，要不然大家還是有得猜。甲板管制員比出手勢，後燃器的烈焰瞬間噴出熊熊火光，伴隨著用蒸氣推動的彈射裝備所發出的巨大聲響，一架架戰機起飛迎向未知的危險目標。

70

毒蜂部隊離開台灣已經超過三小時，原本陽光普照的天氣也逐漸變壞，越來越靠近雷雨胞的他們不得不逐漸降低飛行高度，一旦失去上升氣流的輔助，毒蜂部隊只能靠著不斷揮動翅膀來持續往前推進，他們的體力便消失得更快。

毒蜂００１回頭看著００２和００３，兩個人的臉都因為過度勞累而顯得蒼白。再飛超過一個小時我們都沒救了，００１清楚感到自己體內傳來的異樣感受，一種快被拆散的感覺，彷彿體內的五臟六腑慢慢位移，一股喘不過氣的壓力正在累積。可以想見毒蜂菌正在進行第二階段的作用，也就是慢慢分裂、增長來侵占自己的身體，直到毒蜂菌吃光自己體內所有組織為止。

「你看，有了。」

毒蜂００３興奮地指著烏雲層下方的海面，００1和００2精神一振，注視著這一條帶有黑色油污的水痕，蜿蜒的油漬在海上清楚地指出小鷹號航空母艦的動向。

「奇怪，敵艦是出了問題嗎？」毒蜂００２懷疑地問著００１。

「之前觀察時沒有發現，現在可能真的是出問題了，」毒蜂００１也不敢確定。

「真是太幸運了。」

毒蜂００２握緊了拳頭往前望去，昆蟲的敏銳視覺讓他在第一時間看到遠方朝向自己飛來的一些黑點。那是一群美國戰鬥機。

「毒蜂部隊進入戰鬥位置。衝啊，日本帝國萬歲！」

毒蜂００２說完在雲層中漂亮地做出俯衝迴轉動作，直直奔向海平面的那一團小黑點。

「衝啊！」毒蜂００３也是大喊著往下衝去。

三隻毒蜂由高空急速降至海平面高度往前飛行。毒蜂００２的觸角開始不斷晃動搜集資料，前方已經隱約出現戰機的蹤影，數架F-18大黃蜂戰機貼近海面朝三人飛來，座艙中飛行員的面孔清晰可見，每個飛行員訝異、吃驚地看著眼前的這三隻毒蜂人。

「我的天啊，這是什麼？」

每個飛行員心中的驚訝遠超過自己所能想像。

「來啊！」

毒蜂００２滯空看著眼前逼近的戰機，戰機在一瞬間轉向，帶起的強勁氣流讓００２模糊了視線。

「塔台，這是黑騎士。我們面對的究竟是什麼東西？」

一個飛行員對無線電大喊，聲音從上方的喇叭傳出來是如此刺耳，眾人看著艦橋上的威爾遜。

「不管是什麼，消滅他們。」威爾遜也耐不住性子對著麥克風大吼。

「黑騎士中隊，你們聽到了，這是命令。」聯隊長冷靜地下了指令。

「他們可以隨意移動，又沒有熱源，現在該怎麼辦？」

一個飛行員發現真正的問題所在，這些半人半怪物的東西可以上下左右的隨意行動，這一點飛機根本辦不到，加上偵測不到任何熱源，連射出飛彈鎖定目標的可能性都沒有，現代武器此時成了一堆沒用的廢鐵。

「大家聽好了！SH-60 海鷹直昇機和 S-70 直昇機還沒到之前，我們先開減速板維持最低航速，然後用機炮交叉火力的方式來幹掉他們。」聯隊長指揮著眾機。

「是。」F-18 和 A6-E 戰機紛紛在低空開啟減速板掉頭飛向毒蜂部隊，飛行員將機炮瞄準了眼前的這些怪物，手中扳開了發射鈕，尋找著最適當的機會發射。

「現在各自解散，到航母前一千公尺會合。」毒蜂 002 清楚知道這些米國佬想玩的把戲，果斷地下達指令。

「去死吧，怪物。」一架 F-18 飛行員瞄準毒蜂 002 按下機上的機炮開關，炮彈像珠鏈般朝著 002 飛來。

「來啊，米國佬。」002 振起羽翅垂直往上升。

F-18 大黃蜂戰機飛行員抬頭看著倏然上升的毒蜂 002，「滴滴滴」的撞機警告聲急速響起，飛行員一回頭，正面一架 P-3 獵戶型巡邏機正迎面飛來，F-18 飛行員用手遮面大叫「天啊」。

爆炸的火光閃動照亮了半邊天空，眼見兩架飛機對撞墜落海中，半空中的毒蜂 002 高興地握拳歡呼。

「塔台，黑騎士二號、射手三號墜機。其他人請小心撞機，或被同僚炮火誤傷。」

聯隊長的語氣充滿焦慮。面對這種從沒碰過的情況，看著眼前這幾隻忽上忽下超大號的怪物，他的腦海忽然有了個荒謬的想法。他希望現在開的是美國鄉間用來灑農藥的螺旋槳飛機，而不是一架超過美金三千萬的超級戰機，因為前者的功能在這裡應該更能發揮作用。

「嗶嗶嗶」的飛彈鎖定儀的急促警報聲把他拉回現實，他居然被僚機鎖定了。

「笨蛋，是哪個白痴？誰用飛彈攻擊？」

他向遠處望去，一顆灰白色的 AIM-120 飛彈拉著一條煙霧，以大角度高速地朝自己的飛機而來。

「狗屎！」他驚恐地拉起駕駛座旁的彈射把手，「砰」一聲，飛機瞬間變成一團火球朝向太平洋墜落。

艦橋上威爾遜焦急地拿著超高倍數望遠鏡看著交戰雙方，兩架戰機對撞的爆炸閃光讓他閉上了眼睛，而隨後的爆炸更是讓威爾遜氣憤地將望遠鏡重摔在一旁。他將怒氣發洩在武控官身上，「他媽的，是白痴嗎，飛彈怎麼會打到自己人身上？」

「這……」武控官一時也說不出話來，他心想一定是哪個飛行員一時情急按下了飛彈發射鈕，但是倒楣的卻是聯隊長，按下發射鈕的飛行員真是該死。

「現在怎麼辦？真的不能用飛彈攻擊嗎？」威爾遜想再次確認。

「報告艦長，他們不是金屬做的，也沒有引擎或熱源，所以所有的追熱飛彈和追蹤導彈都派不上用場。」

「那就不要用啊。火炮射擊準備。」

威爾遜看到二十多架飛機陸續掉頭向著航艦飛來，他心知不妙，這些蟲人已經準備執行他們的最終任務了。

「MK15 火神密集陣列方炮、二十毫米艦炮準備。向右舷十至十二點方向以十五度夾角來回掃射。」威爾遜怒吼著指揮官兵，無論如何一定要在他們結合成「三位一體」之前消滅掉其中任何一隻，不然小鷹號將成為原爆受害者。

「發射！」

威爾遜大吼著，方陣快炮和高速機槍槍口吐出一條條火龍，拚命向著海面掃射。但是由於蟲人還沒有進到目視射擊的距離，而且監控雷達螢幕上什麼都沒有，MK15 火神密集陣列方炮和二十毫米艦炮等於亂槍打鳥，武控官忍不住出口制止。

「長官，他們是蟲子啊，他們的靈活度不是機器能比擬的啊！」

威爾遜回過身對著武控官大吼：「派出所有直升機，用機槍把他們給我打下來，不然我們全都死定了。你知道嗎？」威爾遜的眼睛冒著怒火，一把抓住參謀的胸口

「我知道了，長官。」參謀舉高雙手，看著眼前接近瘋狂的威爾遜。

「快點！」威爾遜一把推開參謀，他回頭看著遠處戰火密布的海平面，眼神綜合著憤怒與恐懼。

71

太平洋軍區司令部戰情室中五百吋的螢幕上，正巨細靡遺地透過監視設備同步呈現小鷹號上的一舉一動。

米契爾重重坐下，神情懊悔地撐著額頭，他想：天啊，如果早一點叫他們轉頭，或許現在就不是這個局面……

所有人都目不轉睛看著衛星傳回來的畫面，一些女性軍官已經紅著眼眶，掩住了臉，吉米看著手上的碼錶計算著。

時間差不多了，吉米嘆了一口氣，看著呆坐在椅子上的米契爾。要不是你的餿主意，美國海軍不會有這麼重大的失敗。他又看看碼錶，時間已經越逼越近。

「從接觸距離計算，離蟲人抵達小鷹號最多只剩十分鐘，每個人請戴上護目鏡，防止瞬間強光傷害。還有九分五十秒。」

吉米嚴肅地宣布，每個人拿起了手上的護目鏡戴上，米契爾也在參謀的協助下戴上護目鏡。

「九分十秒。」

「唉……」米契爾長嘆一聲閉上了眼睛，護目鏡後的他無助地想著，難道現在就只能等原子彈爆炸時刻的來臨？

72

炮火猛烈，在密佈的火網中，毒蜂部隊三人忽上忽下，以之字型的動向閃避著航母射上擊出來的連珠炮火。而原本追在毒蜂部隊背後的戰機因為忌憚著火炮的威力，紛紛拉高機首，飛到高空躲避著炮火的攻擊。

眼前的小鷹號越來越清晰，毒蜂002的觸角感覺到小鷹號上傳來的鋼鐵氣味和船艙內奔逃哀嚎的聲音，腎上腺素的刺激讓他的羽翅揮動得更加迅速。

距離三千碼，神風特攻隊任務即將在幾分鐘後圓滿完成。毒蜂002回頭看著003，微笑地伸出手將003拉在身邊。

「我們一起走吧。」

「啊？」003又驚又喜地看著002，一種感傷與喜悅充滿了自己的胸膛。003不禁紅了眼眶，握著002的手又更緊了一些，彷彿害怕會再一次失去002。

「我是清原，你是小川。」002牽著003躲過一陣炮火後開口說。

「我是小川……」這一句的震撼力在003的耳裡猶勝過身旁爆炸的聲響，他猛然想起以往的一切。沒錯，我是小川。

「你……」小川說不出話。

「其實我在阿森提起的時候就想起來了。六十年了……真是對不起，都是我害你變成這個樣子的……」清原的眼眶也紅了，握著小川的手緊緊不放。

「不要再說了，清原。」小川體諒地看著清原，他想起那時候許下「一輩子」的承諾，現在已然實現，真的沒什麼好說的了。

「花開即應有散落的覺悟……」小川開口輕哼著〈同期之櫻〉。

「等不到誓約之日，為何就此凋零飄謝……」清原接唱著，兩人會心相互一笑，優雅的身影並肩向小鷹號飛去，他們以昆蟲的靈活閃避著迎面而來的猛烈炮火。

「等不到誓約之日，為何就此凋零飄謝……」

緊跟在後的毒蜂001看著兩人如此互相依賴，不禁想起了雪子。

「戰爭結束後你一定要回來……」

雪子眼中期盼的眼光與神情讓現在的他感傷不已，眼中模糊的不只是記憶，還有眼前這混亂的一切。

73

威爾遜放下望遠鏡，焦急地看著前方越來越靠近的一團黑影，毒蜂部隊的形影用肉眼已經隱約可見，艦上所有的炮火看起來對毒蜂部隊未能產生任何威脅，他們的靈活度遠超過炮火的攻擊速度。

「我的天啊！這是什麼？」

副艦長驚訝地看著逼近的毒蜂部隊，這句話道出所有人心中的驚懼與疑問：這是什麼？

「這是狗屎！」

威爾遜拿起艦上廣播系統氣急敗壞地下達命令：「所有士兵去拿槍對著目標射擊，馬上行動。」

「什麼？」武控官不敢相信自己耳朵所聽到的指令，吃驚地看著威爾遜。

現代戰爭中強調的是遠距、獵殺、狙擊，航空母艦的重要性，就是它同時能夠執行這多重的任務。現在要變成近距離的肉搏戰，這不是等於拿石頭去丟眼前的大象？武控官心想。但是看到近似瘋狂的威爾遜，也替長官感到可悲，因為這樣的指令如果傳了出去，他會被海軍永遠瞧不起。為了他好，是該勸一下威爾遜了。

艦上一陣混亂，安全部隊與士兵紛紛衝到槍櫃取槍，對著遠處逼近的毒蜂部隊持槍射擊。武控官趁機悄聲走到威爾遜身邊低語著：「長官，我們應該能承受一次自殺式的攻擊，估計最多只會損失幾架飛機而已，這些傢伙不會產生太大威脅……」

威爾遜轉身一把抓起武控官厲聲說道：「他們身上綁著的是原子彈！你知道嗎？你這個白痴。」

「啊！」

武控官臉色慘白，轉頭看著距離小鷹號不到一千碼的毒蜂部隊，艦橋上所有官兵不敢相信地看著威爾遜。

「是原子彈！」威爾遜大喊著。

74

離小鷹號只剩下不到一千碼了，煙霧和炮彈所爆發的火光並沒有遮斷毒蜂部隊的視線，眼前的艦塔和甲板看起來是那麼巨大，甲板上一堆水兵正拿著各種輕武器瞄準著他們射擊，受過嚴格訓練的身體和昆蟲的本能讓他們在火光之中來回穿梭著。

清原看著小川：「準備好了嗎？」

「好了，你呢？」小川點點頭。

「走吧。」兩人一起往上竄升後側飛，兩人的手握得更緊了。

「一起衝吧。」兩人同時拉開原子彈甲冑上的開關保險插銷。

「嗚～嗚～嗚～」小鷹號上的輻射測控儀立即警報大響，所有官兵愕然地看著身旁的廣播系統，不少人以為自己聽錯了，甲板上的士兵也惶然地放下槍，完全搞不清楚現在究竟是怎麼回事。

艦橋上所有人面色如土，威爾遜拿起麥克風時手不禁微微發抖。

「全體官兵，注意原子彈爆炸波衝擊。」威爾遜講完後，閉上了眼睛。

必須承擔所有死難者的罪，我是失敗者。

「原子彈？」有人開始尖叫。

小鷹號上的人開始驚恐、哭號著東奔西跑，尋找一些能安慰自己的掩蔽物。有些人知道任何動作在下一秒都是枉然，便用手掩住臉痛哭失聲。

威爾遜閉上眼睛，誠懇地念起玫瑰經的經文，這是他最喜愛的一段，有時候真的可以在禱告時感覺到聖母正慈愛地垂聽著。也許因為祈禱夠誠懇，祂或許會應許世人那小小的要求。

「聖母瑪麗亞，求您的慈愛垂憐……」

艦橋上所有的官兵都感受到一種聖靈的氣氛，紛紛閉起眼睛雙手合十聽著威爾遜的祈禱。

「求主保佑……」武控官手上握著十字架，咬著牙撇過頭，祈禱著度過死亡前的最後一秒鐘。

「砰砰」兩聲，小川和清原一前一後跌落到飛行甲板上，「嗚～嗚～」的淒厲聲響中，小鷹號等待原子彈爆炸的一刻。

「我的身體……好痛啊……」小川痛苦地大喊，此時清原和小川的身體開始出現劇烈變化，兩個人的容貌也從原本的毒蜂面孔轉變回年輕時的模樣，但是強大的輻射能使得清原和小川的身體開始衰敗。

「小川。」清原握著小川的手喊著。

「總算到了，謝謝你。」小川氣若遊絲地看著清原。

「小川……」

「我會一輩子記得你……」

阿森也隨即降落在甲板上，小川和清原伸出手互握著，兩人轉過頭看著阿森。

「阿森，動手吧，完成『原爆００１計畫』。」清原和小川安詳地閉上眼睛等待原爆的時刻。

阿森低下身看著兩個人，兩個人由於強烈輻射的影響，此時已經完全變回人形。

「對不起。」

阿森從兩人的手中拿起保險插銷插回到甲冑上，小鷹號上的輻射警報聲響瞬間停止。

「Mori，你在幹什麼？」清原氣力用盡，訝異地看著阿森。

「戰爭在六十年前就結束了。」

「你這叛徒……混蛋……」清原用盡力氣的看著阿森。

「我們在六十年前就已經不存在了，不該擾亂現在的世界，是國家背叛了我們，到現在還是……」阿森低頭看著兩個人。

「你不是軍人。」清原痛罵著，轉過頭看向小川，只見小川已然雙目緊閉死去。

「小川……」清原緊握著小川的手，眼中盡是不捨與難過。

「叛徒！」清原看著阿森，也閉上眼睛，胸膛跟著慢慢停息。

「對不起。」阿森紅著眼眶，看著緊緊相握的兩人。

一片烏雲籠罩住小鷹號，陣陣狂風夾帶著驟雨落在飛行甲板上，阿森抬頭看著天空，他的臉上已經分不清是淚還是雨。

75

「喀」一聲，碼錶上的數字停在零的位置。

怎麼回事？吉米拿下護目鏡不解地看著碼錶，心中充滿疑問。

「怎麼回事？」

美軍太平洋總司令部指揮中心內，眾人看著衛星傳回來的畫面，小鷹號依然完好無缺，米契爾也摘下護目鏡疑惑地看著畫面。

威爾遜的聲音從廣播中傳出：「凱撒大帝，這裡是小鷹號，攻擊者未引爆，留下三件武器。再一次重複，這裡是小鷹號，攻擊者未引爆，留下三件武器……」威爾遜的這幾句話解開了所有人的疑惑。

「YA! 太好了。」

戰情室內眾人歡聲雷動，米契爾激動地深吸一口氣，「天佑美國！」想到不用承擔起全軍覆沒這麼巨大的指責，真的是太棒了。

米契爾看到一旁一語不發的吉米，便走過去拍拍他的肩膀，一臉輕鬆。

「好險，放了六十年的武器總是會報廢的，天佑美國。這真是意想不到而且是最棒的結果。」

吉米搖搖頭，米契爾訝異地看著他，「怎麼了，我說錯了嗎？」

「您錯了，沒有爆炸是因為他們沒有引爆。」

米契爾看著吉米驚訝得說不出話來，他沒想到這個可能。

「是嗎，為什麼？」

「我不知道，但是相信我，沒有爆炸真的是因為沒有引爆，而不是武器失靈。」

吉米聳聳肩，兩手一攤往外走去，米契爾沉默看著吉米離開。

76

小鷹號艦橋上，威爾遜慢慢睜開眼睛，懷疑地看著四周。艦橋內的官兵一個一個抬起頭張望，大家也都是滿臉疑惑。

「怎麼回事？」

除了窗外開始下的一波波雨勢之外，原本該發生的事情卻戛然而止。威爾遜走到窗邊探頭看著飛行甲板，偌大的甲板上平放著三件金屬外衣，看起來有點像是救生衣，而三隻毒蜂人已然不見蹤影。

「瑪麗亞啊！」威爾遜大喊，狂喜地看著眼前。

聖母應允了我的祈求。

他掉下眼淚，不禁拿起手中的十字架獻上感激的吻。

「長官……」武控官輕聲喊著他，威爾遜回過頭，所有的官兵都紅著眼眶看著他。「啪啪啪……」武控官感激地對他鼓掌，艦橋上所有官兵對著威爾遜紛紛鼓掌，威爾遜感動到不能自已，他搖搖頭伸出雙手致謝，清清喉嚨看著所有人。

「不要以為這樣子我就會讓你們放個長假。」

眾人大笑。

「大夥兒，幹活吧。」威爾遜微笑地轉過身拿起麥克風下達指令。

「這裡是艦長……」

廣播系統傳出的聲音引起大家的注意，「剛才究竟是怎麼回事？」「那三個是什麼東西？」「總該給個答案吧？」每個人都希望能得到解答，一個合理的答案。

「……核生化組立刻將飛行甲板上的三件武器封存處理，然後馬上清洗飛行甲板。全艦現在開始進行輻射檢查及戰損列管，機管組通知艦載飛機飛回降落，或是轉飛沖繩基地，全艦解除一級戰備警報。」威爾遜放下麥克風看著艦橋上所有官兵。

「這件事情牽涉的層面很廣，剛才發生的所有事情會列入最高機密，在場的任何人都不准透露。明白嗎？」威爾遜的語氣恢復到原有的嚴厲與平穩。

「是，長官！」所有人一致回答著。

「沒給答案哩。」所有官兵失望地開始著手各自的工作。

「我敢打賭這一定又是一個羅斯威爾不明飛行物墜毀事件，只是上面那些人不敢讓我們知道而已。」一個拿著工程帽的水兵信誓旦旦地告訴另一個準備出勤的水兵。

「是啊，我看你剛才嚇得都快尿出來了吧，還外星人哩。」水兵開玩笑地回應。

「去你的。」

威爾遜回過身，皺著眉頭看著甲板上核生化組，全副武裝小心翼翼地用機械手臂將三件甲冑吊入鉛製的隔絕桶後蓋上蓋子，運到鋼製的彈藥庫內存放。其他組員則是拿著高壓沖管用化學藥劑清洗甲板，隨後的航管人員也一一走到飛行甲板上準備迎接戰機降落。

「轟隆隆」的 F-18 戰機引擎聲音從上方劃過，準備執行進場任務。

為什麼？

威爾遜這時候才有腦筋來思考這個問題，為什麼蟲人放棄了引爆原子彈？他疑惑地看著窗外四方。陰霾籠罩的海平面上，一道道俗稱「上帝之光」的光線束從烏雲層中穿透出照耀著海面，海上這奇幻的變化讓威爾遜深深皺起了眉頭。

77

南海上的無名小島，海水拍打著潔淨的沙灘，四處杳無人煙，在幽靜的環境中阿森肅然地看著眼前的一抔新土。

「唉。」

阿森長嘆了一口氣。為了不讓清原和小川死後遺體還受到其他形式的羞辱，他選擇解下三人的甲冑，帶著小川和清原離開了小鷹號，一直飛到這毫無人跡的小島上，在這裡替兩人選擇了最終的落腳處。

「我也只能做到這些了，安息吧，清原君、小川君。」

阿森雙手合十默禱，眼前的這個新墳讓他心中一陣感慨，今天他們能合葬在一起，那我呢？一股椎心刺骨的痛翻騰而出。

命運何嘗考慮過我？他猛然想起小時候看的漢文書中關於黛玉葬花的詞句，那幾句詞驀然湧上心頭：儂今葬花人笑痴，他年葬儂知是誰？試看春殘花漸落，便是紅顏老死時。一朝春盡紅顏老，花落人亡兩不知。

「花落人亡兩不知……」

眼淚不爭氣地流了下來，阿森痛心地捏著胸口，口袋中的雪子緊緊地握在他的手裡，那種刻骨銘心的感覺揪得自己的胸口好痛。「喀啦」的聲音傳出，他身體的骨節發出聲響，他意識到這是警訊，自己的生命即將走入終點，小川和清原的輻射沾染已經讓他的身體受到更嚴重的破壞。

「請多保重。」

阿森對著兩人的墳虔敬地又鞠了一次躬，拖著開始殘破的翅膀，頭也不回地往外走。他的眼光向著海洋另一端，是該回家的時候了。

家就在海的那一端。

78

李歐在便利商店買東西，一旁的電視播報著新聞，他停下來注視著內容。

畫面是一堆SNG轉播車停在南迴公路上面對遠處的海面拍攝，只見遠處海面除了有軍艦、直升機的警戒之外，不時還有美軍的戰機低空掠過保持戰備狀態。

「記者現在連線的位置是在台東的海邊，這次漢光二十六號演習可說是狀況連連，繼前天台東山區的神祕大爆炸，然後是這次參加演習的美軍觀察團在四小時內撤出台灣的舉動，今天美國軍方派出搜救隊在台東外海打撈一架原本要從關島飛往日本的失事軍機。根據消息人士透露，這架飛機上很可能載有核子武器，因為根據消息人士所得到的最新資訊，美國已經派出潛水艇前來支援打撈工作。而這個舉動也讓大陸軍方十分緊張，所以這兩天大陸的海測船向陽紅一號也在東南部公海海域上活動著。國防部發言人表示，大陸海測船的活動都在我方的密切掌控之中……」

李歐「哼」了一聲後離開便利商店，走向在店外等他的明日香。明日香臉色蒼白，閉著眼睛坐在商店外的長椅上。

「咖啡？」李歐拿著一瓶咖啡問著明日香，明日香睜開眼看著李歐。

「我要拿鐵。」

李歐怔了一下，從袋子中拿出罐裝的拿鐵咖啡，打開後交給了明日香。

「你怎麼知道？」李歐懷疑地問著明日香。

「知道什麼？」

「知道我有買拿鐵？」

明日香微笑地看著李歐，伸手拿出了李歐專用的衛星手機對著他比畫兩下。

「你們老闆告訴我的。他和我打賭說你一定會買拿鐵，結果他是對的，我輸給他十塊錢，你要買單。」明日香這下成了一個俏皮的小姑娘。

「啊？」

該死，手機沒壞，是這些日本人……算了……

「現在要回去了嗎？」明日香看著李歐。

「是啊。妳怎麼來的？」

「開車來的。」

明日香的臉一下子暗了下去，李歐知道她想起了那些死去的同事。不過看起來美國、日本和台灣軍隊都已經介入，相信這些死者應該能得到妥善的處理。至於各國在台的情報網這一次真是全面曝光，一場人事大搬風以及組織重建的陣痛恐怕是避免不了了。

「他們會妥善安排的。」李歐也只能這樣安慰著明日香。

「嗯。」明日香擦擦淚水，抬頭看著遠處的山脈，不時傳來機械挖掘的細微聲響。

李歐拿著安全帽詢問明日香：「要坐我的車回去嗎？」

「摩托車？」明日香不敢相信地看著李歐和她眼前的這一台哈雷機車。

「哈雷九二二，還好啦。」李歐無可奈何地笑了一下。

「那我們變成是逍遙騎士嗎？」明日香開玩笑地看著李歐。

「走吧。」

明日香戴上安全帽坐到後座，李歐回頭問她：「要去哪裡？」

「上海。」

「啊？喔……」

李歐愣了一下隨即又會過意來，他按下啟動鈕，哈雷獨有的低沉排氣聲噗噗響著。李歐轉頭看著明日香意味深長地說：「我們會在上海見面。」

「真的嗎？」

「很快，真的很快。」

李歐踩下發動桿，離合器猛然一彈，車子後輪和地面發出吱吱的摩擦聲，哈雷機車咆哮著，一下子就駛向了遠方，變成了個小小的黑影。

79

幻象兩千戰機從空中呼嘯而過，風吹得樹葉嘩嘩作響，剛出院不久的陳羽傑騎著摩托車來到山上的墓區。

在入院治療不久後，陳羽傑以驚人的速度回復健康，彷彿沒事般，身體不再有排斥反應。即使臉還有些浮腫，但他仍堅持出院回家。一到家，趁父母不注意，便騎了摩托車溜出來，到陳家的家族墓地。他懷疑地看著「陳林雪子之墓」前面那一大把剛摘不久的台灣百合，同時發現居然有個人躺在墓的側後方。

「我靠……誰啊？」他緊握著安全帽警戒的向前去看著這個躺在墓旁地上的年輕人。

這年輕人與陳羽傑年紀差不多相仿，但是身上卻穿著一件二戰的日軍飛行服，陳羽傑蹲下身去仔細看著，這個陌生但似曾相識的面孔……這……不會吧！

他猛然想起掛在老家的牆壁上、自己手上曾有過的那些英姿煥發的照片，身前這人彷彿就是從照片裡走出來的。

「你是 Mori ？」陳羽傑不加思考便脫口而出。

躺在地上的人聽到陳羽傑的呼喊，緩緩睜開了眼睛，微微點了點頭。

這個人真是阿森，是自己的爺爺！陳羽傑睜大了眼睛，腦袋根本無法思考到底怎麼一回事，失蹤了六十年的阿公居然像是從時光隧道裡走過來一般。

阿森面無血色的臉與微弱的氣息，讓陳羽傑忍住想要細問這一切前因後果的念頭，趕緊蹲下身去搖著阿森，阿森掙扎著張開眼睛看著眼前的陳羽傑。

「阿公！」羽傑焦急大喊著。

「你是……」阿森氣若游絲、回光返照地看著眼前的男孩。

「我是你的孫子，我叫羽傑。羽毛的羽、傑出的傑。」

「是嗎……好名字……」

「這是阿嬤取的。阿公你怎麼了？你怎麼會……你不要動，我打電話叫救護車。」羽傑扶著阿森焦急地說。

「雪子取的啊……」阿森轉頭，依戀地看著雪子的墓。

手機上顯示的訊號是零，羽傑舉高手機四處找著訊號，他焦急地放下手機想要抱起阿森。

「阿公，我現在送你去醫院。」

看著阿森毫無血色的臉，羽傑有點難過，任何人看到阿森的面色都會知道他即將不久於人世，阿森搖搖頭平靜地看著羽傑。

「不用了。」阿森顫抖地制止了羽傑的動作，平靜地說道：「你看我這樣子，會嚇到人的……全都結束了……我死後把我的骨灰和雪子放在一起……羽傑。」

羽傑這才注意到，阿公背下壓著的居然是一對翅膀，這到底是怎麼一回事？但這時也無法多問。

阿森微笑地閉上了眼睛，他手中仍然握著他和雪子的合照，那平靜的臉是如此安詳。

「阿公……」

陳羽傑傷感地看著已經沒有呼吸的阿森，彷彿聽到一陣螺旋槳的聲音由遠而近的呼嘯而來，他抬頭往上看去，一群零式戰機從頭上飛過，飛向遠處殘紅的夕陽。

蟄伏

日本防衛省地下「終戰」的極機密倉庫內，管倉庫的老頭搓著手不安地看著眼前的景況：藤原首相、安室司令，和一群日本防衛省的官員嚴肅且不發一語地看著眾多的美軍士兵正在將倉庫內一箱箱的資料搬走。黑澤悄悄地走到安室司令的身邊，兩人眼神交會了一下，黑澤微微點了點頭，安室司令也滿意地回了個禮。兩人又回頭看著美軍的行動，一切盡在不言中。

「花開即應有散落的覺悟……等不到誓約之日，為何就此凋零飄謝……」

殊不知新的花苞已在地底中蟄伏，正耐心等待著下一次的生命出口。

國家圖書館出版品預行編目 (CIP) 資料

原爆 001 / 潘志遠 著 . -- 初版 . -- 臺北市 : 大塊文化 , 2017.02
面 ; 公分 . --（R ; 76）
ISBN 978-986-213-773-4（平裝）

857.7 105024558

LOCUS

LOCUS

LOCUS

LOCUS